DU MÊME AUTEUR

Aux Éditions Gallimard

LÀ-BAS, IL N'Y A PLUS DE RIVIÈRE, 2000.
DANSE AUX NOCES DES AUTRES, 2003.

Chez d'autres éditeurs

LES RETOURS DE LA MÉMOIRE, Éditions Albin Michel, 1993.
LA SOUS-LOCATAIRE, Éditions de l'Aube, 1994.
PREUVES D'EXISTENCE, Éditions Autrement, 1998.

COLLECTION
ARCADES

HANNA KRALL

PRENDRE LE BON DIEU DE VITESSE

*Traduit du polonais
par Pierre Li et Maryna Ochab*

*Nouvelle édition revue et augmentée
par Margot Carlier*

GALLIMARD

Titre original :
ZDĄŻYĆ PRZED PANEM BOGIEM

© *Hanna Krall, 1997.*
© *Éditions du Scribe, 1983, pour la traduction française.*
© *Éditions Gallimard, 2005, pour la présente édition revue et augmentée.*

Tu portais ce jour-là un pull-over rouge en laine moelleuse. « Un beau pull en laine angora, as-tu ajouté. Il a appartenu à un Juif très riche... » Par-dessus, deux lanières de cuir étaient croisées sur la poitrine, avec une lampe torche attachée au milieu. « Si tu m'avais vu ! » Voilà ce que tu m'as dit quand je t'ai questionné sur la journée du 19 avril...

— J'ai dit ça ?

Il faisait froid. En avril, les soirées sont souvent fraîches, surtout quand on ne mange pas à sa faim, alors j'ai mis ce pull. C'est vrai, je l'ai trouvé dans les affaires d'un Juif. Un jour, on les a délogés d'une cave, et j'ai pris le pull angora. Un beau pull. Ce type était bourré de pognon ; avant la guerre, il avait offert à l'armée un avion ou un char, ou quelque chose dans le genre.

Je sais que tu adores ce petit côté « mélo », c'est sans doute pour ça que je t'en ai parlé.

— Mais pas du tout. Tu en as parlé car tu voulais m'expliquer quelque chose. L'objectivité, le sang-froid. C'était pour ça.

— Je parle comme on parlait tous à l'époque, c'est tout.

— Donc, le pull, les lanières croisées...

— Ajoute encore deux revolvers. C'était la classe, les revolvers en bandoulière. Ça nous paraissait le bout du monde, deux revolvers.

— Le 19 avril, les coups de feu te réveillent, tu t'habilles...

— Non, pas encore. Les coups de feu m'ont réveillé, mais il faisait froid, et les tirs venaient de loin, il n'y avait aucune raison de se lever.

Je me suis habillé vers midi.

Il y avait un gars avec nous qui nous avait apporté des armes depuis le côté aryen. Il devait y retourner aussitôt, mais c'était déjà trop tard. Quand ils ont commencé à tirer, il m'a dit qu'il avait une fille à Zamosc, dans un couvent. Il était persuadé qu'il ne survivrait pas, mais que moi je survivrais. Je devrais donc m'occuper de sa fille après la guerre. Je lui ai dit : « Ça va, ne raconte pas de bêtises. »

— Alors ?

— Alors quoi ?

— As-tu réussi à retrouver sa fille ?

— Oui.

— Continue. On s'est mis d'accord pour que tu racontes, n'est-ce pas ? Nous sommes donc le 19 avril. On entend des tirs. Tu viens de t'habiller. Le copain du côté aryen te parle de sa fille. Et puis ?

— On est allé jeter un coup d'œil dans le voisinage. Dans la cour, il y avait des Allemands. Il aurait fallu les tuer, mais on n'avait pas encore appris à tuer, on avait la trouille et on ne les a pas descendus.

Au bout de trois heures, les tirs se sont arrêtés.

C'était le silence.

Notre territoire se limitait à ce qu'on appelait le ghetto de la fabrique de brosses — les rues Franciszkanska, Swietojerska, Bonifraterska.

L'entrée de la fabrique était minée.

Le lendemain, quand les Allemands sont arrivés, on a branché le détonateur. Ça a dû en mettre en bouillie une bonne centaine, je ne me souviens pas au juste, il faut que tu le vérifies. D'ailleurs, je me rappelle de moins en moins de choses. Je pourrais t'en dire dix fois plus sur chacun de mes malades.

Après l'explosion de la mine, ils sont revenus à l'assaut, en tirailleurs. Ça nous a beaucoup plu. Nous, une quarantaine ; eux, une centaine, toute une colonne en ordre de combat, s'approchant à pas de loup. On voyait bien qu'ils nous prenaient au sérieux.

En fin d'après-midi, ils en ont envoyé trois, la mitraillette pointée sur le sol et munie d'une cocarde blanche. Ils ont crié que si on acceptait de déposer nos armes, ils nous enverraient dans un camp spécial. On leur a tiré dessus. Plus tard, j'ai retrouvé cette scène dans le rapport de Stroop [1] : eux, les parlementaires avec un drapeau blanc, et nous, les bandits qui ouvrent le feu. D'ailleurs, on ne les a même pas touchés, mais c'est sans importance.

— Comment, sans importance ?

— L'important, c'était de tirer. C'est ce qu'il fallait montrer. Pas aux Allemands. Pour ça, ils étaient plus forts que nous. Il fallait le montrer à cet autre monde, à tous ceux qui ne faisaient pas partie du monde allemand. Les hommes croient toujours qu'il n'y a rien de plus héroïque que de tirer. Alors on a tiré.

---

1. Le général Stroop commandait la destruction du ghetto. *(Toutes les notes sont des traducteurs.)*

— Pourquoi avez-vous choisi précisément ce jour-là, le 19 avril ?

— Ce n'est pas nous qui l'avons choisi. Ce sont les Allemands. La liquidation du ghetto devait commencer ce jour-là. On nous avait téléphoné du côté aryen qu'ils s'y préparaient déjà, qu'ils avaient encerclé le quartier. Le 18 au soir, nous nous sommes réunis chez Anielewicz, tous les cinq, l'état-major. Je devais être le plus vieux, j'avais vingt-deux ans. Anielewicz avait un an de moins. À nous cinq, nous avions cent dix ans.

Là, il n'y avait plus grand-chose à dire. « Alors ? — Alors, on vient d'appeler de la ville, Anielewicz se charge du ghetto central, ses adjoints (Geller et moi) des ateliers Toebbens et de la fabrique de brosses. — Eh bien, à demain. » Sauf qu'on s'est dit adieu, ce qu'on n'avait jamais fait avant.

— Et pourquoi Anielewicz était-il le commandant ?

— Il en avait très envie, alors nous l'avons choisi. Il y avait quelque chose de puéril dans son ambition, mais c'était un garçon doué, avide de lire et très actif. Avant la guerre, il habitait le quartier de Solec. Sa mère y vendait des poissons. Quand il lui en restait, elle l'envoyait acheter de la peinture rouge pour teindre les ouïes afin qu'ils paraissent frais. Il avait toujours faim. Quand il est arrivé chez nous de Zaglebie[1], on lui a servi à manger. Il cachait son assiette avec sa main de peur de se la faire enlever.

Il débordait d'une énergie juvénile, d'enthousiasme, mais il n'avait encore jamais vu de grande rafle. Il

1. Zaglebie, bassin minier de Silésie.

n'avait jamais vu comment on chargeait les gens dans les wagons sur l'Umschlagplatz. Et ça, voir quatre cent mille personnes envoyées au gaz, ça peut vous briser.

Le 19 avril, nous ne nous sommes pas rencontrés. Je ne l'ai revu que le lendemain. C'était déjà un autre homme. Celina m'a dit : « Tu sais, ça l'a pris hier. Il est resté assis là à répéter : On va tous y passer... » Il s'est animé juste une fois, lorsque nous avons reçu de l'Armée de l'Intérieur un message selon lequel il fallait attendre dans la partie nord du ghetto. Nous ne savions pas de quoi il s'agissait au juste. D'ailleurs, ça n'a pas marché, car le garçon qui y est allé s'est fait prendre et ils l'ont brûlé vif, rue Mila. Nous l'avons entendu hurler toute la journée. Crois-tu que cela puisse encore impressionner quelqu'un, un garçon brûlé vif après quatre cent mille brûlés ?

— Je crois qu'un garçon brûlé vif est plus impressionnant que quatre cent mille brûlés, et quatre cent mille plus que six millions. Alors, vous ne saviez pas de quoi il s'agissait au juste...

— Anielewicz croyait qu'ils allaient nous envoyer des renforts. On a pourtant essayé de lui expliquer : « Laisse tomber, il y a un terrain vague à traverser, nous n'y parviendrons jamais. »

Tu sais quoi ?

Je pense qu'au fond, il croyait qu'il y avait une chance.

Évidemment, il n'en avait jamais parlé. Bien au contraire. « Nous allons à la mort, criait-il, on ne peut plus reculer, nous mourrons pour l'honneur, pour l'histoire... » Le genre de chose qu'on dit dans ces cas-là. Mais aujourd'hui, je crois qu'il a toujours nourri une sorte d'espoir enfantin.

Il avait une petite amie. Une fille radieuse et douce. Elle s'appelait Mira.

Le 7 mai, il est venu chez nous avec elle, rue Franciszkanska.

Le 8 mai, rue Mila, il l'a tuée, avant de se tirer dessus. Jurek Wilner a crié : « Mourons ensemble ! », Lutek Rotblat a abattu sa mère et sa sœur, puis ils se sont tous mis à tirer. Quand nous y sommes arrivés, il n'en restait que quelques-uns de vivants, quatre-vingts s'étaient suicidés. « Ils ont fait ce qu'ils devaient faire, nous a-t-on dit par la suite. Le peuple a péri, ses soldats ont péri. Une mort symbolique. » Toi aussi, tu dois aimer ce genre de symboles, non ?

Il y avait une fille avec eux, Ruth. Elle s'est tiré sept balles avant de succomber. Une grande fille superbe, avec une peau de pêche, mais elle nous a gaspillé six balles.

À cet endroit, il y a maintenant un square. Un tertre, une dalle, une inscription. Quand il fait beau, les mères y promènent leurs enfants, les amoureux viennent s'y abriter le soir. À vrai dire, c'est une fosse commune. On n'en a jamais déterré les os.

— Tu avais quarante soldats. L'idée de vous tuer comme eux ne vous a-t-elle jamais effleuré l'esprit ?

— Jamais. Il ne fallait surtout pas le faire. Même si c'est un très beau symbole. On ne sacrifie pas sa vie pour des symboles. Je n'avais aucun doute à ce sujet. En tout cas, pas durant ces vingt jours. Je pouvais casser la gueule à un type qui se mettait à semer la panique. D'ailleurs, j'étais capable d'un tas de choses à l'époque. Comme perdre cinq hommes au combat sans le moindre remords. Aller dormir, alors que les Allemands creusaient des trous pour nous faire sauter... Je savais qu'il n'y avait rien à faire à ce moment-là. C'est seulement vers midi, quand ils sont partis déjeuner, qu'on a fait ce qu'il fallait pour nous tirer de là. (Si je restais calme, c'est probablement parce que, au fond, rien ne pouvait nous arriver. Rien de pire que la mort, car il était toujours question de mourir, jamais de vivre. Et peut-on même appeler ça un drame ? Le drame implique un choix, la possibilité d'agir sur les faits, or tout y était joué d'avance. Aujourd'hui, à l'hôpital, il en va de la vie et, chaque fois, je dois prendre une décision. Aujourd'hui, je suis beaucoup moins calme.)

J'étais capable de bien des choses. Dire à un garçon qui me demandait une adresse du côté aryen : « Ce n'est pas le moment. Il est encore trop tôt. » Il s'appelait Stasiek... Tiens, j'ai oublié son nom de famille. « Marek, me disait-il, LÀ-BAS, il y a bien une place où je pourrais aller... » Fallait-il lui dire qu'il n'y en avait aucune ? Alors, j'ai répondu : « Il est encore trop tôt... »

— Pouviez-vous voir le côté aryen par-dessus le mur ?

— Oui. Le mur ne dépassait pas le premier étage. Du deuxième, on voyait la rue de l'AUTRE côté. Un manège, des gens... On entendait de la musique et on avait terriblement peur que cette musique n'étouffe notre cri, peur de disparaître derrière, sans que le monde remarque notre existence, notre combat, nos morts... Que le mur soit si épais que rien, aucun bruit ne le traverse.

Mais la radio de Londres a annoncé que Sikorski[1] avait décerné, à titre posthume, la Croix de guerre à Michal Klepfisz. Le gars qui s'était jeté sur une mitrailleuse allemande pour qu'on puisse passer.

C'était un ingénieur d'une vingtaine d'années. Un garçon exceptionnel.

Il nous a permis de repousser l'attaque. Et c'est alors que les trois types avec la cocarde blanche sont arrivés. Les parlementaires.

Je me tenais ici. Exactement ici, sauf que le portail était en bois. Le poteau en béton est le même, comme la baraque, et peut-être aussi les peupliers.

Voyons, pourquoi suis-je toujours resté de ce côté ?

Ah oui, parce que la foule venait de là et je craignais sans doute qu'ils ne m'embarquent avec.

J'étais alors garçon d'hôpital et c'était ça, mon boulot : rester devant le portail de l'Umschlagplatz et repêcher les malades dans la foule. Nos gars repéraient ceux qu'il fallait sauver et je les sortais en les prétendant malades.

J'étais sans pitié. Une femme m'avait supplié de faire sortir sa fille de quatorze ans, mais je ne pouvais ramener qu'une seule personne à la fois, et j'ai sorti Zosia, notre meilleur agent de liaison. Je l'ai sortie à quatre reprises, et elle s'est fait reprendre chaque fois.

Un jour, ils ont embarqué devant moi des gens qui ne possédaient pas de tickets de survie. Les Allemands avaient distribué ces tickets promettant la vie

---

1. Wladyslaw Sikorski, général et chef du gouvernement polonais en exil à Londres jusqu'à sa mort en 1943.

sauve à ceux qui les avaient reçus. Tout le ghetto n'avait plus qu'un seul et unique but : se procurer le ticket. Mais peu après, ils sont venus chercher les détenteurs de tickets aussi.

Ensuite, ils ont annoncé que les employés des ateliers auraient le droit de vivre. Les ateliers manquaient de machines à coudre. Les gens ont donc cru qu'une machine à coudre allait leur sauver la vie, et ils payaient n'importe quelle somme pour en avoir une. Plus tard, ils se sont fait tous embarquer, machine ou pas.

Finalement, les Allemands ont annoncé une distribution de pain. À tous ceux qui se porteraient volontaires pour partir travailler — trois kilos de pain par personne, avec en plus de la confiture.

Écoute-moi bien, mon enfant. Est-ce que tu sais ce qu'était alors le pain dans le ghetto ? Si tu ne le sais pas, tu ne comprendras jamais comment des milliers d'individus ont pu venir d'eux-mêmes, et partir avec leur pain à Treblinka. Personne n'a jamais pu le comprendre.

C'est là que la distribution a eu lieu. De longues miches de pain bis, bien dorées.

Et tu sais quoi ?

Les gens avançaient sagement, en rang, quatre par quatre, pour chercher leur pain, et grimper ensuite dans les wagons. Il y avait tellement de volontaires qu'ils étaient obligés de faire la queue. Et même avec deux transports par jour pour Treblinka, il n'y avait pas assez de place pour tous ceux qui affluaient.

Bien sûr, nous, on savait.

En 1942, nous avons envoyé notre copain Zygmunt pour se renseigner sur ce qu'il advenait des transports. Il est parti avec des cheminots de la gare de Gdansk. À Sokolow, on lui a dit que les rails se séparaient, et qu'un embranchement conduisait à Treblinka. Un train de marchandises chargé de gens y allait tous les jours, et il en revenait vide, mais aucun ravitaillement ne passait jamais par là.

Zygmunt est rentré au ghetto. Nous avons écrit tout ça dans notre journal, mais les gens n'y ont pas cru. « Vous êtes fous ! » nous lançaient-ils, lorsque nous essayions de les convaincre que les transports ne partaient pas au travail. « Nous envoyer à la mort avec du pain ? Ils ne gaspilleraient pas tout ce pain ! »

La grande rafle a duré six semaines, du 22 juillet au 8 septembre 1942. Pendant ces six semaines, je suis resté devant ce portail. Là, à cet endroit précis. J'ai accompagné quatre cent mille personnes sur cette place. Je voyais ce même poteau de béton que tu regardes aujourd'hui.

Dans cette école d'apprentissage était installé notre hôpital. Les Allemands l'ont liquidé le 8 septembre, le dernier jour de la rafle. À l'étage, il y avait des chambres pour enfants. Quand les Allemands sont entrés au rez-de-chaussée, une doctoresse a eu encore le temps de donner du poison aux petits.

Tu vois bien que tu n'y comprends rien. Elle leur a épargné la chambre à gaz. C'était admirable. Tout le monde trouvait ça héroïque.

Dans cet hôpital, les malades gisaient par terre, en attendant d'être chargés dans les wagons, tandis que les infirmières cherchaient leurs parents dans la foule pour leur injecter du poison. Elles gardaient le poison pour leurs proches. Mais elle — la doctoresse —

avait fait cadeau de son cyanure aux enfants des autres !

Un seul homme aurait pu clamer tout haut la vérité, Czerniakow[1]. Lui, on l'aurait cru. Mais il s'est suicidé.

Ce n'était pas correct de sa part. Il fallait mourir avec panache, dans un feu d'artifice. C'est de ça dont on avait besoin. Il fallait mourir, mais d'abord appeler les gens à se battre.

C'est pour cette unique raison que nous lui en voulions.

— Qui, « nous » ?
— Moi et mes amis. Ceux qui sont morts. Nous lui en avons voulu d'avoir fait de sa mort une affaire personnelle.

Nous étions persuadés qu'il fallait mourir publiquement, sous les yeux du monde.

On ne manquait pas d'idées. David proposait qu'on se jette sur le mur, tous, autant que nous restions encore dans le ghetto, pour faire une percée en zone aryenne, s'asseoir en rangs sur les remparts de la citadelle, et attendre que la Gestapo nous encercle et nous fusille les uns après les autres.

Esther voulait incendier le ghetto pour qu'on brûle tous avec. « Et que le vent disperse nos cendres », disait-elle, ce qui à l'époque n'avait pas une résonance pathétique, mais réaliste.

La plupart étaient pour l'insurrection. Puisque l'humanité était convenue qu'il était bien plus beau de mourir les armes à la main que les mains nues,

---

1. Adam Czerniakow, président du Judenrat, le Conseil juif formé sur ordre des autorités allemandes.

nous n'avions qu'à nous plier à cette convention. Nous n'étions plus que deux cent vingt dans l'Organisation juive de combat. Et peut-on même parler d'insurrection ? Il s'agissait tout simplement de ne pas nous laisser égorger à notre tour.

Au fond, c'était juste pour choisir notre façon de mourir.

Cette interview, traduite en plusieurs langues, a scandalisé beaucoup de monde. Monsieur S., un historien, lui a même écrit des États-Unis qu'il avait dû prendre sa défense. Il a publié trois longs articles pour apaiser les esprits, sous un titre commun : « Confessions du dernier survivant du ghetto de Varsovie ».

Les gens ont écrit aux journaux — en français, en anglais, en yiddish, et dans d'autres langues européennes — pour dire qu'il avait dépouillé l'événement de toute sa grandeur. Mais ce sont surtout les poissons qui les ont profondément choqués. Le fait qu'Anielewicz leur peigne les ouïes en rouge, pour que sa mère puisse écouler la marchandise de la veille à Solec.

Il ne manquait plus que ça : Anielewicz, fils d'une poissonnière, passant du rouge dans les ouïes des poissons ! Il faut reconnaître que l'historien américain n'a pas eu la tâche facile, mais voilà qu'est arrivée cette gentille lettre d'un Allemand de Stuttgart :

« *Sehr geehrter Herr Doktor* », écrivait l'Allemand qui, durant la guerre, a séjourné dans le ghetto de Varsovie comme soldat de la Wehrmacht, « j'ai vu des cadavres dans les rues, beaucoup de cadavres recouverts de papiers, je m'en souviens bien, c'était horrible. Nous sommes tous les deux victimes de cette terrible guerre. Pourriez-vous m'écrire quelques mots ? »

Bien sûr, il lui a répondu, il était très touché par la lettre et comprenait parfaitement l'émotion d'un jeune soldat allemand qui n'avait encore jamais vu de cadavres recouverts de papiers.

L'histoire de monsieur S. lui rappelle son voyage aux États-Unis, en 1963. On l'avait invité à une réunion de dirigeants syndicaux. Il se souvient d'une grande table et d'une vingtaine d'hommes assis autour, visages émus et recueillis. C'étaient les présidents des syndicats qui, pendant la guerre, avaient envoyé de l'argent pour l'achat d'armes au ghetto.

Le responsable lui souhaite la bienvenue et le débat s'engage. Un débat sur la mémoire. Qu'est-ce que la mémoire humaine ? Faut-il élever des monuments ou plutôt construire des musées ? Genre de dilemme purement académique ! Il fait donc très attention de ne rien dire de déplacé, comme : « À quoi bon, aujourd'hui ? » Il ne se sent pas le droit de les froisser. « Doucement, se dit-il, attention, ils ont déjà les larmes aux yeux. Ils ont versé de l'argent pour les armes et sont allés voir le président Roosevelt pour lui demander si c'était vrai, toutes ces histoires qu'on racontait sur le ghetto. Alors tu dois être gentil avec eux. »

(Ils ont dû y aller après un des premiers rapports de Waclaw[1], celui que Tosia Goliborska a racheté à la Gestapo contre un tapis persan. Ce rapport micro-

---

1. Waclaw : pseudonyme de Henryk Wolinski.

filmé avait été transporté par un courrier dans sa dent plombée et parvint aux États-Unis *via* Londres. Mais, comme ils avaient eu du mal à croire aux milliers d'individus transformés en savon et aux milliers d'autres embarqués sur l'Umschlagplatz, ils étaient allés voir leur président pour lui demander si l'on pouvait vraiment prendre au sérieux de telles histoires.)

Aussi a-t-il été très aimable avec eux, il les a laissés s'émouvoir et parler de la mémoire. Et voilà maintenant qu'il les blesse avec cette question : « Peut-on même appeler ça une insurrection ? »

Pour en revenir aux poissons, dans la version française, celle de *L'Express*[1], ce n'était plus des poissons *(ryby)*, mais *du poisson*, et la mère d'Anielewicz, marchande juive du quartier de Solec, achetait *un petit pot de peinture rouge*[2]. Est-ce que ça fait sérieux ? Est-ce qu'Anielewicz qui passe en français de la peinture rouge sur les ouïes des poissons reste toujours le même Anielewicz ?

Cela me rappelle la difficulté que j'ai éprouvée à raconter à mes cousins anglais comment notre grand-mère était morte de faim lors de l'insurrection de Varsovie. Juste avant de mourir, cette vieille femme pieuse réclamait à manger. Tant pis si ce n'est pas casher, disait-elle, même si c'est une côtelette de porc.

Mais c'est en anglais qu'il fallait le raconter ; aussi la grand-mère ne demandait-elle plus une côtelette, mais un *pork chop*, ce qui fait qu'elle cessait d'être la

---

1. Interview par Émile Guikovaty, publiée dans *L'Express* du 5 mai 1975.
2. En français dans le texte.

grand-mère agonisante. Du coup, on pouvait parler d'elle sans exaltation, calmement, comme on raconte de petites anecdotes attrayantes lors d'un dîner dans un foyer britannique distingué.

Pourtant, ceux-là s'entêtent, ils disent que c'était quand même le vrai Anielewicz, celui de la *peinture rouge*. Il doit y avoir du vrai, si tant de gens s'obstinent à écrire qu'il ne faut pas raconter n'importe quoi sur le Commandant.

— Écoute, me dit-il, nous devons faire très attention, choisir soigneusement nos mots.

Bien sûr.

Nous choisirons soigneusement nos mots et nous veillerons à ne choquer personne.

Un beau jour, monsieur S., l'historien américain, lui téléphone. Il est à Varsovie. Il a rencontré Antek et Celina, et il aimerait le voir personnellement pour en parler.

Là, ça devient sérieux. On peut parfaitement ne pas tenir compte de ce que tout le monde dit, mais il est impossible de faire fi de l'opinion de ces deux-là. Antek, l'adjoint d'Anielewicz, représentant, côté aryen, de l'Organisation juive de combat, qui a quitté le ghetto à la veille de l'insurrection, et Celina qui est restée avec eux jusqu'à la fin, du premier jour à celui de leur évacuation par les égouts.

Depuis tout ce temps, Antek s'est tu. Et voilà qu'arrive monsieur S. pour annoncer tranquillement qu'il l'a vu la semaine dernière.

J'ai l'impression qu'Edelman est nerveux à l'idée de cette rencontre. Pour rien, en définitive. Car monsieur S. lui dit qu'Antek l'assure de toute son amitié et de tout son respect, et qu'il approuve l'interview à quelques détails près.

— Lesquels ? ai-je demandé à monsieur S.

— Par exemple, Antek soutient qu'au moment de l'insurrection ils n'étaient pas deux cents, mais bien plus, cinq cents, voire six cents.

(— Antek affirme que vous étiez six cents. Peut-être faudrait-il modifier le chiffre ?

— Non, dit-il. Nous étions deux cent vingt.

— Mais, puisque Antek y tient, puisque monsieur S. y tient, et que tout le monde tient tellement à ce que vous ayez été un peu plus nombreux... Alors, on va modifier ?

— Mais ça n'a aucune espèce d'importance ! lance-t-il dans un éclat de colère. Personne ne peut-il comprendre que ça n'a plus aucune importance ? !)

Et puis une chose encore. Toujours à propos de l'affaire des poissons.

Ce n'était pas Anielewicz qui les teignait, mais sa mère. « Notez-le bien, madame, ajoute monsieur S., car c'est très important. »

J'en reviens à la question du choix rigoureux des mots.

Trois jours après sa sortie du ghetto, Celemenski est venu le chercher pour le conduire devant les représentants de partis politiques qui voulaient entendre son compte-rendu de l'insurrection. Il était le seul survivant de l'état-major et il avait été l'adjoint du commandant. Il leur présenta donc son rapport : « Durant ces vingt jours, disait-il, on aurait sans doute pu tuer plus d'Allemands et épargner davantage des nôtres. Mais nous n'étions pas suffisamment entraînés, poursuivait-il, et nous ne savions pas mener le combat. Par ailleurs, les Allemands se battaient très bien. »

Les autres se sont regardés dans un silence pesant, jusqu'à ce que quelqu'un finît par lâcher : « Il faut le comprendre, ce n'est plus un être normal. Ce n'est qu'un débris humain. »

Tout ça, parce qu'il ne parlait pas comme il fallait.

— Et comment faut-il parler ? m'a-t-il demandé.

Il faut parler avec haine, de manière pathétique, en hurlant, car il n'y a que le cri pour exprimer ça.

Ainsi, dès le premier instant, il n'a pas su parler, car il ne savait pas crier. Il n'avait pas non plus l'envergure d'un héros, car il n'était pas pathétique.

Quel manque de chance !

L'unique survivant n'avait pas l'envergure d'un héros.

Ayant compris cela, il s'est tu par délicatesse. Et pour longtemps. Durant trente ans, il n'a pas dit un mot, et quand finalement il s'est mis à parler, il est devenu clair qu'il aurait mieux valu pour tout le monde qu'il gardât le silence.

Pour se rendre à la réunion avec les représentants des partis, il avait pris le tramway. C'était la première fois depuis sa sortie du ghetto qu'il prenait le tramway, et il lui arriva une chose terrible. Il désira ne plus avoir de visage. Non pas par crainte d'être remarqué et dénoncé, mais parce qu'il sentait qu'il était noir et répugnant, sorti tout droit de l'affiche : J U I F S —

P O U X — T Y P H U S. Les gens autour de lui avaient tous des visages rayonnant de clarté. Ils étaient beaux et tranquilles, conscients de leur apparence et de leur beauté.

Il est descendu à Zoliborz, dans le quartier pavillonnaire. La rue était déserte, seule une vieille femme arrosait des fleurs dans son jardin. Elle le regarda à travers le grillage, alors il s'efforça de marcher comme s'il n'existait pas, comme s'il voulait occuper le moins de place possible dans cet espace ensoleillé.

Aujourd'hui, on a montré Krystyna Krahelska à la télévision. Elle aussi avait des cheveux blonds. Elle avait posé pour la statue de la sirène de Nitsch[1], écrit des poèmes, chanté des complaintes ; elle mourut dans l'insurrection de Varsovie au milieu des tournesols.

Une dame a évoqué son souvenir. Elle l'aurait vue courir à travers les jardins, si grande que, même baissée, elle n'arrivait pas à se cacher dans les fleurs.

C'était par une belle journée d'août. Krystyna attacha ses longs cheveux blonds tirés en arrière, écrivit quelques strophes de *Soldats, baïonnette au fusil !*, soigna un blessé et courut à travers l'espace ensoleillé.

Quelle belle vie et quelle belle mort ! Une mort vraiment esthétique. Voilà comment il faudrait mourir. Mais il n'y a que des gens beaux et radieux pour vivre et mourir ainsi. Les affreux noirauds meurent sans grâce : dans la peur et dans l'obscurité.

(La dame qui évoque le souvenir de Krahelska a

1. Monument symbolisant la ville de Varsovie.

bien une tête à pouvoir cacher quelqu'un. Elle n'est pas maquillée, pas bien coiffée, elle a sûrement des hanches trop larges — cela ne se voit pas à l'écran —, et fait des randonnées à la montagne, le pull noué autour de la taille.

Son mari pourrait très bien ignorer qu'elle cache quelqu'un. Il suffirait de faire attention et d'éviter d'occuper les toilettes l'après-midi, entre quinze heures trente et seize heures. Il a l'estomac bien réglé et va au cabinet dès qu'il rentre, avant même de déjeuner.)

Affaiblis par la faim, les affreux noirauds gisent dans des draps humides, attendant que quelqu'un leur apporte de l'avoine bouillie ou quelques rognures sorties des poubelles. Chez eux, tout est gris : visages, cheveux, draps. Ils brûlent chichement le carbure. Leurs enfants arrachent les filets aux passants dans la rue, avec l'espoir d'y trouver du pain qu'ils dévorent aussitôt. À l'hôpital, on donne aux enfants gonflés par la faim une demi-cuillerée de poudre d'œuf et un comprimé de vitamine C par jour. Ce sont les médecins qui se chargent de la distribution, car on ne peut infliger le supplice de ce partage à une aide-soignante, souffrant elle-même de la faim. (Seules les blouses blanches ont droit à des rations alimentaires : un demi-litre de soupe et soixante grammes de pain par personne. Lors d'une réunion extraordinaire, on a décidé de renoncer à deux cents grammes de soupe et à vingt grammes de pain afin de les partager avec les chauffagistes et les aides-soignantes. Ainsi, tout le monde bénéficie de la même ration : trois cents grammes de soupe et quarante grammes de pain.) Au numéro 18 de la rue Krochmalna, une jeune femme de trente ans, Rywka Urman, a mangé un morceau de son enfant, Berek Urman, douze ans, mort de faim la veille. Des gens l'entouraient dans la cour, silencieux, complètement muets. Elle avait des cheveux gris, hirsutes, le visage gris et les yeux fous. La police est arrivée pour dresser un procès-verbal. Au 14 de la rue Krochmalna, on a trouvé sur la chaussée le cadavre décomposé d'un enfant abandonné par sa mère, Chudesa Borensztajn, appartement n° 67, prénom de l'enfant — Moszek. (La charrette des pompes funèbres de la compagnie Éternité a ramassé le corps, tandis que Chudesa avouait qu'elle l'avait laissé dans la rue, car le Conseil refusait d'inhumer gratuitement et que, de toute façon, elle ne tarderait pas à mourir elle-même.) Les gens sont conduits à l'épouillage. Devant les bains de la rue Spokojna, ils ont dû attendre un jour et une nuit, et quand on a apporté de la soupe pour les enfants le matin, il a fallu appeler la police pour chasser la foule qui leur arrachait la nourriture.

La mort par la faim était tout aussi disgracieuse que la vie qui la précédait. *Certains s'endorment dans la rue, un quignon de pain dans la bouche, ou bien en plein effort, par exemple quand ils courent après un bout de pain.*

C'est un extrait tiré d'une étude scientifique.

Les médecins du ghetto avaient effectué des recherches sur le phénomène de la faim, car les mécanismes de la mort causée par la faim étaient alors très mal connus et il fallait profiter de l'occasion. Une occasion exceptionnelle. *Jamais encore*, écrivaient-ils, *la médecine n'a disposé d'un matériau de recherche aussi abondant.*

Aujourd'hui encore, la question reste intéressante pour un médecin.

— Prenons par exemple le problème du déséquilibre d'eau et d'albumine dans l'organisme, dit le docteur Edelman. Est-ce qu'ils parlent des électrolytes ? Grâce à l'eau, le tissu conjonctif fixe le potassium et le sel. Vérifie s'ils ont dépisté le rôle de l'albumine.

Non, ils ne disent rien sur les électrolytes. Ils constatent avec déception qu'ils n'ont pas réussi à expliquer le mécanisme, si intéressant pour un médecin, de l'apparition d'œdèmes dans les maladies de la faim.

Peut-être auraient-ils dépisté le rôle de l'albumine s'ils n'avaient pas dû interrompre brutalement leur travail. Malheureusement, ils ont dû l'interrompre, comme ils s'en expliquent dans leur préface. Ils n'ont pas pu continuer leurs recherches, *car la substance même de la recherche (le matériau humain) a été détruite.* La liquidation du ghetto venait de commencer.

D'ailleurs, peu après la disparition du matériau, les chercheurs ont été tués à leur tour.

Un seul a survécu : le docteur Teodozja Goliborska. Elle avait étudié le métabolisme de base chez les sujets souffrant de la faim.

Elle m'écrit d'Australie qu'elle savait, pour l'avoir lu, que le métabolisme basal diminuait avec la faim, mais qu'elle n'aurait jamais imaginé à quel point. Elle l'attribue à la diminution du rythme et de la capacité respiratoires, donc à une quantité insuffisante d'oxygène absorbé par l'organisme affamé.

(Je demande au docteur Goliborska si ces recherches

lui ont servi par la suite dans sa pratique médicale. Elle m'écrit que non, car toutes les personnes qu'elle a soignées en Australie étaient bien nourries, sinon suralimentées.)

Voici quelques-uns des résultats de recherche présentés dans l'ouvrage *La maladie de la faim. Études cliniques sur la faim effectuées dans le ghetto de Varsovie en 1942*.

On distingue trois degrés d'amaigrissement. Le premier se caractérise par la disparition des excès de graisse. Le sujet paraît alors rajeuni. *Nous avons souvent rencontré de tels cas avant la guerre, chez des patients rentrant de Karlsbad ou de Vichy*. La plupart des cas observés ici appartiennent au deuxième degré. Les cas du troisième degré sont exceptionnels et se manifestent sous forme de cachexie, précédant le plus souvent la mort.

Passons maintenant à la description des modifications d'organes et de systèmes.

Le poids tombe en moyenne à 30 ou 40 kilos, soit une perte de 20 à 25 % du poids normal, celui d'avant la guerre. Le poids le plus faible, 24 kilos, a été constaté chez une femme de trente ans.

La peau est blême, parfois livide.

Les ongles, en particulier ceux de la main, sont crochus...

(Peut-être parlons-nous de tout ça un peu trop longuement et avec trop de détails, mais c'est parce qu'il faut comprendre la différence entre une belle vie et une vie disgracieuse, entre une belle mort et une mort disgracieuse. Ça a son importance. Car tout ce qui est arrivé par la suite — le 19 avril 1943 — n'était que le désir nostalgique d'une belle mort.)

Les œdèmes apparaissaient d'abord sur le visage, autour des paupières, puis sur les pieds, enfin, dans quelques cas, sur toute la surface cutanée. Une fois percé, le tissu dermique laisse facilement s'échapper un liquide. Dès le début de l'automne, on voit apparaître des engelures aux doigts et aux orteils.

Le visage reste inexpressif, comme un masque.

On observe une pilosité abondante sur l'ensemble du corps, surtout chez les femmes. Sur leur visage poussent moustache et barbe, parfois même les poils couvrent les paupières. Les cils sont en général très longs...

L'état psychique se caractérise par un dépérissement de la pensée.

Des individus énergiques et actifs deviennent apathiques et somnolents. Ils ont tout le temps envie de dormir. Ils oublient leur faim, mais deviennent brusquement agressifs à la vue du pain, de sucreries, ou de viande qu'ils dévorent avidement, au risque de s'exposer à des coups qu'ils sont incapables de fuir.

Le passage de la vie à la mort est lent, presque imperceptible. Le décès ressemble à la mort physiologique de la vieillesse.

Données d'autopsie (d'après 3 282 cas d'autopsies complètes).

Couleur de la peau chez les personnes mortes de faim : pâle ou cadavérique dans 82,5 % des cas, foncée ou brunâtre dans 17 % des cas.

Un tiers des autopsiés sont atteints d'œdèmes localisés le plus souvent sur les membres inférieurs, plus rarement sur le torse et les membres supérieurs. Dans la majorité des cas, les œdèmes se manifestent chez les individus de teint pâle. On peut en conclure que la pâleur de la peau est liée aux œdèmes, alors que la peau brunâtre est signe de la déshydratation.

Extrait d'un procès-verbal d'autopsie (dossier n° 8 613) :
Sexe féminin, 16 ans. Diagnostic clinique : Inanitio permagna. *Sous-alimentation grave. Cerveau : 1 300 grammes, très ramolli, œdémateux. Dans la cavité abdominale, environ 2 litres d'un liquide transparent jaunâtre. Cœur, plus petit que le poing de la défunte.*

Atrophie des organes.

En règle générale, l'atrophie touche essentiellement le cœur, le foie, les reins et la rate.

On observe une atrophie du cœur dans 83 % des cas, du foie dans 87 % des cas, de la rate et des reins dans 82 % des cas. Les os se désagrègent, devenant mous et spongieux.

C'est le foie qui diminue le plus, passant d'environ 2 kilos chez un individu sain à 54 grammes.

Poids minimal observé pour un cœur : 110 grammes.

Seul le cerveau ne diminue pratiquement pas et pèse toujours 1 300 grammes.

En ces temps-là, le Professeur était chirurgien à Radom, à l'hôpital Saint-Casimir. (Le Professeur est un homme de belle taille, grisonnant et distingué. Il a de belles mains. Il aime la musique et joue volontiers lui-même du violon. Il parle plusieurs langues. Son arrière-grand-père fut un officier de Napoléon, son grand-père un insurgé.)

Tous les jours, l'hôpital accueillait des maquisards blessés.

Le plus souvent, ils étaient atteints au ventre. Ceux qui avaient été touchés à la tête arrivaient rarement jusqu'à la salle d'opération. Aussi opérait-il des estomacs, des rates, des vessies et des côlons. Il pouvait opérer trente à quarante ventres par jour.

Pendant l'été 1944, on a commencé à lui amener des thorax, car le front s'était stabilisé à Warka. Beaucoup de thorax déchirés par un shrapnell, ou par des éclats de grenades, ou encore par des débris d'embrasures de fenêtre, enfoncés dans la poitrine par un projectile. Des cœurs et des poumons s'en échappaient, il fallait donc les rapiécer et les remettre à leur place.

Quand l'offensive de janvier a fait mouvement vers l'ouest, il a eu des têtes par-dessus le marché : l'armée disposait de moyens de transport et les blessés arrivaient à temps.

« Un chirurgien doit sans cesse s'assouplir les doigts, dit le Professeur. Tout comme un pianiste. J'ai bénéficié très tôt d'un excellent entraînement. »

La guerre est une école sans pareille pour un jeune chirurgien. Le Professeur a acquis, grâce aux maquisards, une adresse fantastique pour opérer les ventres, et, grâce à l'avancée du front, pour opérer les têtes. Mais le plus important, finalement, a été Warka.

C'est lors de la bataille de Warka que le Professeur a pour la première fois vu battre un cœur à nu.

Avant la guerre, personne n'avait jamais vu battre un cœur, même chez l'animal : à quoi bon torturer une bête si les résultats ne pourraient jamais servir à la médecine ? Ce n'est qu'en 1947 qu'on a, pour la première fois en Pologne, ouvert une cage thoracique. L'opération a été exécutée par le professeur Crafoord, venu spécialement de Stockholm, mais il n'a pas ouvert le péricarde. Tout le monde regardait, fasciné, la membrane du péricarde battre en cadence, comme si une petite bête y était cachée, et lui seul — et non pas Crafoord —, lui seul savait exactement à quoi ressemblait cette chose qui s'agitait frénétiquement. Car lui seul, et non pas le savant suédois mondialement connu, avait retiré des cœurs paysans des bouts de tissus, des balles et des brisures de fenêtres. Grâce à quoi, cinq ans plus tard, le 20 juin 1952, il sut ouvrir le cœur d'une certaine Genowefa Kwapisz et opérer sa sténose mitrale.

Il existe un lien étroit et des analogies multiples entre les cœurs de Warka et tous les autres qu'il a opérés par la suite, y compris naturellement le cœur de M. Rudny, maître en machines à passementerie, le cœur de Mme Bubner (dont feu le mari fut très actif dans la communauté juive, en vertu de quoi elle était parfaitement calme avant son opération, rassurant même les médecins : « Ne vous en faites pas, disait-elle, mon mari est en excellents termes avec le bon Dieu, il va sûrement tout arranger comme il faut »), et aussi le cœur de M. Rzewuski, président de l'Automobile Club, et beaucoup, beaucoup d'autres cœurs.

À M. Rudny, on a transplanté une veine de sa jambe dans le cœur, au moment même où se déclarait l'infarctus, pour que le sang puisse circuler. À M. Rzewuski, on a fait la même transplantation à chaud, en plein infarctus. À Mme Bubner, on a modifié le sens de la circulation du sang dans le cœur...

Le Professeur a-t-il peur avant ce genre d'intervention ?

Oh ! oui. Il a très peur. Et il la ressent ici, à l'intérieur.

Chaque fois, il espère qu'au dernier moment surgira un obstacle qui l'empêchera d'intervenir : les internes s'opposeront à l'opération, le patient changera d'avis, ou lui-même abandonnera son poste…

Qu'est-ce qui fait si peur au Professeur ? Dieu ?

Bien sûr, Dieu, il le craint beaucoup, mais ce n'est pas ce qu'il redoute le plus au monde.

Peur que le malade décède ?

Ça aussi, mais il sait — tous le savent — que sans opération il mourra à coup sûr.

Alors, de quoi a-t-il peur ?

Il a peur que ses confrères disent : IL EXPÉRIMENTE SUR L'HOMME. Et c'est la pire des accusations qu'on puisse lui lancer.

Les médecins ont leur commission de contrôle professionnelle et le Professeur raconte qu'un certain chirurgien, ayant un jour renversé un enfant, l'a pris dans sa voiture et l'a conduit dans son service pour le soigner. L'enfant se porte bien et la mère ne s'est pas plainte, mais la commission de contrôle a estimé que soigner l'enfant dans son propre service était contraire à l'éthique, et elle a donné un blâme au médecin. Il ne pouvait plus exercer et il est mort peu après d'une crise cardiaque.

Le Professeur raconte ça en passant et sans faire la relation. Parce que je lui ai demandé de quoi un médecin avait peur.

Il faut dire que l'éthique complique énormément la vie à un chirurgien.

Par exemple : s'il n'avait pas opéré le président Rzewuski, celui-ci serait mort. Il n'y aurait rien eu d'extraordinaire à cela : tellement de gens meurent d'un infarctus… Tout le monde l'aurait compris sans même poser de questions.

Mais si Rzewuski était mort après l'opération, les choses se seraient passées autrement. Quelqu'un aurait pu faire remarquer que ce genre d'interventions ne se pratiquait nulle part. Un autre aurait pu insinuer que le Professeur agissait à la légère, ce qui aurait ressemblé à une accusation. Maintenant, il nous sera beaucoup plus facile de comprendre ce que pense le Professeur, assis dans son cabinet, attendant l'intervention, tandis qu'au bloc opératoire un anesthésiste s'affaire autour de Rzewuski.

Car le Professeur est déjà là depuis un bon moment. À vrai dire rien ne prouve qu'il s'agisse de Rzewuski. Au bloc opératoire, on peut tout aussi bien s'affairer autour de Rudny ou de Mme Bubner. Mais il faut reconnaître que c'est Rzewuski qui a donné le plus de soucis au Professeur.

Car le Professeur n'aime pas opérer un cœur d'intellectuel. Un intellectuel pense trop avant l'intervention ; il a trop d'imagination, se pose trop de questions et en pose aux autres, ce qui se répercute ensuite défavorablement sur son pouls, sa tension et le déroulement général de l'opération. Alors qu'un type comme Rudny s'abandonne aux mains du chirurgien avec beaucoup plus de confiance, sans poser de questions inutiles, aussi est-il bien plus facile de l'opérer.

Disons donc qu'il s'agit de Rzewuski et que le Professeur attend dans son cabinet d'opérer à chaud un cœur d'intellectuel, transporté quelques heures plus tôt en urgence par l'ambulance d'une clinique de Varsovie.

Le Professeur est seul.

Tout à côté, derrière la porte close, est assis le docteur Edelman, tirant sur sa cigarette.

De quoi s'agit-il au juste ?

C'est que c'est Edelman qui a dit que l'on pouvait opérer malgré l'infarctus. S'il n'avait rien dit, on n'en serait pas là.

On n'en serait même pas arrivé à Rudny, que le Professeur a opéré alors que l'infarctus était sur le point de se déclencher. Ce faisant, il a bravé toutes les règles inscrites dans des manuels de chirurgie qui précisent que cet état est bien celui où il est interdit d'opérer.

On n'en serait pas venu à l'idée d'inverser le sens de la circulation sanguine chez Mme Bubner (peut-être même que Mme Bubner ne serait plus là, mais ce n'est pas ce qui nous intéresse maintenant).

Comme la scène dans le cabinet du Professeur n'est finalement pour nous qu'un prétexte, nous pouvons le laisser dans son bureau un instant et expliquer concrètement ce qui est arrivé avec cette circulation sanguine.

Lors d'une opération, l'un des assistants avait eu un doute, se demandant si le Professeur avait raccordé une veine ou bien une artère : elles se confondent parfois. Tout le monde affirmait qu'il n'y avait rien d'anormal, que c'était bien l'artère, et seul l'assistant s'entêtait : « C'est la veine, j'en suis sûr. » De retour chez lui, Edelman commença à se demander ce qui arriverait s'il s'agissait réellement d'une veine. Il se mit à dessiner sur une feuille de papier : le sang oxygéné, comme on l'apprend à l'école, coule par les artères, peut-être pourrait-on l'orienter directement de l'aorte vers les veines qui, non sujettes à l'artériosclérose, ne provoqueront pas d'infarctus. Le sang passerait alors par...

Edelman n'est pas encore tout à fait sûr de savoir par où le sang passerait, mais, le lendemain, il montre son dessin au Professeur. « C'est possible, monsieur le Professeur, directement par là, cela irriguerait le muscle... », insiste-t-il, tandis que le Professeur hoche la tête poliment. « Oui, dit-il, tout cela est fort intéressant. » Comment répondre autrement que par des politesses à quelqu'un qui vient vous affirmer que le sang pourrait arriver au cœur non par les veines, mais par les artères ?

Edelman retourne à son hôpital. Le Professeur, rentré le soir chez lui, pose le dessin sur sa table de nuit. Le Professeur dort toujours la lumière allumée afin de retrouver immédiatement ses esprits s'il doit se lever en pleine nuit. Et comme à son habitude il n'a pas éteint la lampe, il saisit le dessin d'Edelman aussitôt qu'il se réveille après quatre heures de sommeil.

Il est difficile de dire à quel moment le Professeur cesse d'analyser le dessin pour saisir un crayon (il trace notamment un pont reliant des veines à l'aorte). Toujours est-il qu'un beau matin, il pose la question : « Et qu'arriverait-il avec le sang noir, si la veine joue le rôle d'une artère ? »

Edelman et Elzbieta Chetkowska lui répondent alors qu'une certaine Ratajczak-Pakalska est justement en train d'écrire une thèse sur l'anatomie des veines coronaires et que ses recherches laissent supposer que le sang pourrait emprunter d'autres voies veineuses, les voies Vieussen et Thébezius.

Edelman et Elzbieta essaient sur des cœurs de cadavres, y injectant du bleu de méthylène, pour vérifier s'il coule. Il coule.

Mais le Professeur répond que cela ne prouve rien, étant donné qu'il n'y avait pas de pression dans la veine.

Ils injectent donc le bleu de méthylène sous pression. Il trouve à nouveau la sortie.

Mais le Professeur répète : cela ne prouve rien. C'est artificiel. Comment un cœur vivant réagira-t-il ?

Là, personne ne peut lui répondre, car personne n'a encore jamais tenté une telle expérience sur un cœur vivant. Pour savoir comment il réagira, il faudrait l'opérer.

Quel cœur vivant le Professeur pourrait-il opérer ?

Arrêtons-nous un instant. Nous avons oublié Aga qui vient justement de filer à la bibliothèque.

Aga Zuchowska file à la bibliothèque chaque fois que l'on se heurte à une idée nouvelle. « Mais ça ne va pas ! » s'exclame-t-elle toujours avant d'y aller. Il suffit par exemple qu'Edelman dise : « Qui sait si on ne pourrait pas faire un pontage à chaud », pour qu'elle réplique : « Mais ça ne va pas ! » et fonce pour rapporter triomphalement l'*American Heart Journal* : « Selon eux, c'est une absurdité. » Puis on fait un pontage à chaud et tout se déroule à merveille.

Aga dit qu'on a beau répéter « mais ça ne va pas », quand on voit que l'autre a toujours raison contre toutes les autorités, on cesse de hausser les épaules. Mieux encore, dit-elle, on s'efforce d'oublier les savants pour être attentif à la nouvelle idée et s'y adapter.

Mais, cette fois-là, la doctoresse Aga Zuchowska n'a pas pu s'empêcher de lâcher un « Mais ça ne va pas ! » et de se précipiter à la bibliothèque pour revenir avec une information trouvée dans l'*Encyclopedia of Thoracic Surgery* : voilà un peu plus de trente ans, l'Américain Claud Beck a tenté des interventions semblables, mais il y a renoncé devant un taux de mortalité trop élevé...

Eh bien, quel cœur va-t-on prendre ?

Et maintenant, ouvrons une parenthèse sur l'infarctus de la paroi antérieure du myocarde avec le bloc de branches droit. C'est un cas très grave, et ils n'ont jamais réussi à en tirer quelqu'un.

Les gens qui en sont atteints meurent d'une façon particulière : ils gisent dans une quiétude muette, de plus en plus tranquilles et silencieux, et tout meurt progressivement en eux : les jambes, le foie, les reins, le cerveau... Puis un jour le cœur s'arrête et ils meurent pour de bon. Tout se passe si calmement, si imperceptiblement que, du lit voisin, on ne remarque rien.

Quand on amène dans le service un infarctus de la paroi antérieure du myocarde avec le bloc de branches droit, on sait que le malade va mourir.

Un jour, on voit arriver une femme avec ce type d'infarctus. Edelman appelle le Professeur à la clinique : « Cette femme va mourir d'ici quelques jours. La seule chose qui pourrait la sauver serait d'inverser la circulation sanguine. » Pourtant, elle n'a absolument pas l'air de quelqu'un qui va mourir.

Quelques jours passent, et elle meurt.

Peu après, on amène à nouveau un homme dans le même cas. On téléphone au Professeur : « Si vous ne l'opérez pas... »

Quelques jours passent, et l'homme meurt.

Puis vient le tour d'un autre homme, d'un adolescent, de deux femmes...

Chaque fois, le Professeur vient voir. À présent, il ne dit plus que le sujet va peut-être survivre sans opération. Il l'observe en silence ou s'adresse à Edelman : « Qu'est-ce que vous voulez de moi ? Vous voulez que je tente une opération que personne n'a jamais réussie ? » Ce à quoi Edelman répond : « Je dis seulement, Professeur, que nous ne pouvons pas sauver cet homme et que vous êtes le seul à pouvoir le tenter. »

Une année passe.

Douze ou treize personnes meurent.

À la quatorzième, le Professeur dit : « D'accord, essayons. » (La malade, Mme Bubner, est une vieille femme.)

Revenons maintenant à son cabinet.

Il est seul, assis à son bureau, devant les coronogrammes de Rzewuski qui se trouve au bloc opératoire.

Assis de l'autre côté de la porte, Edelman tire sur sa cigarette.

Le pire, à ce moment-là, c'est le docteur Edelman assis sur sa chaise, qu'il n'a aucune intention de quitter.

Pourquoi cela est-il si important ?

Pour une raison très simple.

Le cabinet possède une seule sortie et elle est bloquée par Edelman.

Mais le Professeur ne pourrait-il dire : « Pardon, j'en ai pour une minute », passer vite devant Edelman et sortir… ?

Il le pourrait. Il l'a même fait une fois. Avant l'opération de Rudny. Il est revenu le soir. Rudny attendait toujours au bloc opératoire. Edelman, Chetkowska et Zuchowska restaient assis sur les chaises de sa salle d'attente.

Où irait-il, du reste ?

Chez lui ? On l'y retrouverait immédiatement.

Chez ses enfants ? On l'y retrouverait le lendemain.

Hors de la ville ? Éventuellement… De toute façon, il faudra bien rentrer à un moment ou un autre, et les retrouver tous à l'attendre : Rzewuski, Edelman, Zuchowska… Peut-être pas Rzewuski, qui n'aura pas attendu.

Rudny, pour qui il était revenu le soir même, est toujours vivant.

Mme Bubner, arrivée la quatorzième, à qui l'on a inversé la circulation sanguine, vit également.

Ah oui, nous étions en train de parler de la circulation sanguine.

« D'accord, essayons. » Nous nous sommes arrêtés là. Le Professeur était sur le point d'opérer. Mme Bubner bien sûr. Ne mélangeons pas les faits. La logique veut qu'il s'en souvienne maintenant : il cherche à se rassurer.

(Pour elle aussi, tout le monde avait dit : « Mais c'est absurde, le cœur s'engorgera de sang… »)

Le silence règne dans la salle d'opération.

Le Professeur noue la veine cave pour empêcher le sang d'y couler et voir ce qui va se passer...

(Claud Beck n'avait pas noué cette veine, ce qui entraînait systématiquement l'insuffisance du ventricule droit et la mort. Le Professeur améliore la méthode — non, il refuse le mot « améliorer » — il ne fait que MODIFIER la méthode de Claud Beck.)

Il attend...

Le cœur fonctionne normalement. Maintenant, il relie l'aorte aux veines par un pontage spécial, et le sang artériel se met à couler dans les veines.

Il attend encore...

Le cœur sursaute. Deuxième contraction. Puis quelques spasmes rapides, et le cœur se met à battre doucement, en cadence. Les veines bleues deviennent rouges de sang artériel et commencent à s'oxygéner. Le sang coule — nul ne sait exactement par où, mais il trouve une sortie par des voies secondaires.

Encore un quart d'heure d'attente silencieuse. Le cœur continue à battre sans perturbations...

Le Professeur s'en souvient bien, il achève en pensée l'opération et se répète avec bonheur que Mme Bubner est vivante.

L'opération réussie sur Rudny, toute la presse en avait parlé. Et quand le Professeur avait lui-même relaté l'inversion de la circulation sanguine chez Mme Bubner au Congrès de cardiochirurgie de Bad Nauheim, tout le monde s'était levé pour l'applaudir. Les professeurs ouest-allemands, Borst et Hoffmeister, émirent même l'hypothèse que cette méthode pourrait résoudre les problèmes de l'artériosclérose coronaire, et des chirurgiens de Pittsburgh commencèrent à appliquer sa méthode aux États-Unis. Mais si l'opération sur Rzewuski échoue, quelqu'un se rapellera-t-il que Rudny et Bubner sont en vie ?

Non, il n'y aura personne pour le rappeler. En revanche, tout le monde dira : « Il a opéré à chaud. Si Rzewuski est mort, c'est à cause de lui. »

Tout cela peut donner l'impression que le Professeur tarde trop dans son cabinet et qu'il serait bon de donner du nerf à ce récit.

Malheureusement, la tentative de fuite qui aurait sans doute rendu notre histoire plus captivante n'a pas eu lieu. Que nous reste-t-il ?

Ah, j'allais oublier... Il reste le bon Dieu.

Mais pas celui avec qui ce pieux Juif de Bubner avait arrangé le bon déroulement de l'opération de son épouse.

Non. Le bon Dieu auquel, chaque dimanche à onze heures, le Professeur adresse ses prières, accompagné de sa femme, de ses trois enfants, de ses gendres, de sa belle-fille et d'une ribambelle de petits-enfants.

À vrai dire, le Professeur pourrait maintenant se mettre à prier dans son cabinet — mais prier pour quoi ?

Pour exaucer quoi ?

Pour que Rzewuski change d'avis au dernier moment sur le billard et annule son accord ? Ou pour que sa femme qui sanglote dans le couloir s'y oppose soudain ?

C'est bien un tel imprévu que le Professeur appelle de ses vœux.

Seulement — attention ! — s'il refuse l'opération, l'homme signe son arrêt de mort (le Professeur le sait pertinemment). Devrait-il donc prier pour une mort certaine de son patient ?

Le fait est qu'il a été le premier à pratiquer certaines opérations, ou tout au moins à modifier les pratiques existantes. Mais qui, avant Barnard, avait transplanté un cœur ? Il faut toujours que quelqu'un se jette à l'eau pour faire progresser la médecine. (Comme on le voit, le Professeur se sert des motivations d'ordre sociale.) Mais quand a-t-on le droit d'essayer ? Quand on acquiert la certitude que l'opération a un sens. Le Professeur en est convaincu. Il l'a pensée dans ses moindres détails. Tout son savoir, toute son expérience, toute son intuition lui disent la nécessité et la logique de ce qu'il veut entreprendre. En outre, il n'y a rien à perdre. Il sait que, sans cette opération, l'homme mourra. (Peut-on être sûr que Rzewuski mourra sans cette opération ?)

Le Professeur appelle ses collègues.

— Rzewuski mourra-t-il si je ne l'opère pas ? demande-t-il pour la énième fois.

— C'est son deuxième infarctus, Professeur, et il est très étendu.

— Mais alors, il ne supportera peut-être pas l'opération... Pourquoi s'acharner ?

— Professeur, ce n'est pas pour le laisser mourir, mais pour le sauver qu'on nous l'a amené de Varsovie.

C'est le docteur Edelman qui prononce ces paroles. Évidemment, il peut se permettre ce genre de réflexion. Ce n'est pas lui que l'on viendra trouver en cas de malheur.

Edelman est tout à fait convaincu d'avoir raison. Le Professeur en est tout aussi convaincu, mais c'est lui, et lui seul, qui doit le prouver de ses mains.

— Pourquoi étais-tu tellement persuadé de la nécessité de toutes ces opérations ? demandé-je à Edelman.

— Parce que. Ça avait un sens et ça devait réussir.

— Dis-moi, insisté-je, ne serait-ce pas parce que tu es familiarisé avec la mort que tu décides si facilement ? Car tu l'es bien plus que le Professeur, par exemple ?

— Non, répond-il, j'espère que ce n'est pas pour ça. Mais quand on connaît bien la mort, on a beaucoup plus de responsabilités devant la vie. La moindre chance de survie est à saisir.

(La probabilité de mourir était toujours présente, il fallait donner la chance de survivre.)

Attention ! Le Professeur introduit un nouveau personnage, la doctoresse Wroblowna.

— Appelez la doctoresse Wroblowna, dit-il.

L'affaire est entendue.

La doctoresse Wroblowna, cardiologue à la clinique du Professeur, est une vieille dame timide et prudente. Ce n'est certainement pas elle qui va le pousser à prendre des risques inconsidérés. Le Professeur lui demandera : « Que me conseillez-vous, Zosia ? » Et elle répondra : « Il vaut mieux attendre, Professeur, puisque nous ne savons pas comment va réagir le cœur... » Le Professeur se tournera alors vers Edelman : « Vous voyez bien, docteur, mes cardiologues me le déconseillent ! » (Il insistera sur le possessif « mes », car la doctoresse Wroblowna appartient à sa clinique, tandis qu'Edelman travaille à l'hôpital municipal. Mais il se peut que je me trompe. Peut-être le dira-t-il normalement, sans rien accentuer. Le « mes » signifiera tout simplement que le Professeur, chef de clinique, doit compter avec l'avis de ses médecins.)

Mais voilà qu'arrive la doctoresse Wroblowna. Timide, elle rougit, baisse les yeux et dit tout bas :

— Il faut opérer, Professeur.

Ça alors ! C'est le comble !

— Wroblowna ! crie le Professeur. Toi aussi, tu es contre moi ? !

Il fait semblant de plaisanter, mais il est saisi d'un sentiment étrange qui ne le quittera plus de la journée.

Lorsqu'il se lève de son bureau et saisit les coronogrammes pour se rendre au bloc où l'attendent Rzewuski endormi, les chirurgiens masqués de bleu et les infirmières, il a le sentiment d'être totalement seul entre toutes ces présences.

Seul à seul avec le cœur qui s'agite dans son sac comme un petit animal effrayé.

Qui s'agite toujours.

Tout ce que j'ai écrit jusqu'ici, je l'ai montré à des gens, mais ils ne comprennent pas. Pourquoi n'ai-je pas raconté comment Edelman a réussi à survivre ? On ignore comment il a survécu et le voilà déjà assis devant la porte du Professeur. Il faut pourtant bien qu'il soit là, sinon le Professeur serait déjà chez lui depuis longtemps, en plein journal télévisé, détendu et parfaitement calme.

Il faut donc qu'Edelman se trouve devant cette porte avec Aga et Elzbieta Chetkowska. À vrai dire, Elzbieta a disparu... Elle y était quand ils attendaient devant la porte mais, au moment où je décris leur attente, elle n'y est plus. Il reste un prix Elzbieta-Chetkowska, décerné pour des réalisations exceptionnelles en cardiologie.

Ce prix, ils l'ont créé avec leurs honoraires pour la publication de *L'Infarctus*. Garçon d'hôpital dans le ghetto, Edelman n'avait pas participé à l'étude sur la maladie de la faim, mais, pour *L'Infarctus*, il a écrit tout ce qu'il a appris sur les maladies du cœur. Tosia Goliborska m'a dit qu'à l'hôpital du ghetto ils se doutaient de ses activités dont il était préférable de ne pas trop parler. Aussi lui demandaient-ils seulement de porter chaque jour des échantillons de sang des malades du typhus au laboratoire. Après cela, il pouvait reprendre sa place au portail donnant sur l'Umschlagplatz et y rester tous les jours, durant six semaines, tandis que passaient devant lui les quatre cent mille personnes avançant vers les wagons.

Dans le film *Requiem pour cinq cent mille morts*, on les voit défiler. On voit même les miches de pain qu'ils serrent dans les mains. Un opérateur allemand placé à la porte d'un wagon a filmé la foule qui s'agglutine : des vieilles femmes trébuchantes, des mères tirant leurs petits par la main. Ils courent avec leur pain dans notre direction, et dans la direction des journalistes suédois venus rechercher des documents sur le ghetto. Ils se précipitent vers Inger, la journaliste suédoise, qui fixe l'écran de ses yeux bleus, écarquillés, s'efforçant de comprendre pourquoi tant de gens se pressent dans les wagons. Soudain claquent des coups de feu. Quel soulagement, quand ils commencent à tirer ! Quel soulagement, quand l'explosion des mottes de terre masque les gens courant avec leur pain, quand le commentateur annonce l'éclatement de l'insurrection, ce qu'on pouvait expliquer sans difficulté à Inger (*Rising's broken out, April forty three*)...

J'en parle à Edelman. Je lui dis que ces coups de feu étaient une très bonne idée. Heureusement que les explosions ont caché les gens. Il se met alors à crier. Il m'accuse de mettre ceux qui se battent l'arme à la main au-dessus de ceux qui courent vers les wagons. C'est évidemment ce que je pense, tout le monde le pense, et même un professeur venu récemment lui rendre visite a dit : « Vous vous êtes laissé conduire à la mort comme des moutons. » Le professeur en question avait jadis débarqué sur une plage normande, puis couru quelques centaines de mètres sous un feu d'enfer, sans se jeter par terre, sans même se baisser. Il a été blessé. Depuis, il pense que quelqu'un qui a couru ainsi le long d'une plage a le droit de dire : « l'homme doit courir... » ou « l'homme doit se battre... », ou bien — « vous vous êtes laissé conduire à la mort comme des moutons ». La femme du professeur a ajouté que les générations futures avaient besoin des coups de feu. La mort des gens exterminés en silence ne vaut rien, car elle ne délivre aucun message, alors que ceux qui combattent l'arme à la main créent une légende — pour elle et pour ses enfants américains.

Il comprenait parfaitement que le professeur américain couvert de cicatrices et de médailles, titulaire d'une chaire universitaire, désirait également inclure les coups de feu dans son histoire, cependant il essayait de lui expliquer certaines choses : que la mort dans une chambre à gaz n'est pas moins valable que la mort au combat, qu'il n'y a pas de mort indigne, sauf si on a voulu survivre aux dépens des autres. Mais il n'a pas réussi à expliquer quoi que ce soit, car il s'est mis de nouveau à crier. Tant et si bien qu'une dame assistant à la scène a voulu prendre sa défense : « Excusez-le, disait-elle, gênée. À lui, il faut tout pardonner... »

— Mon enfant, dit-il, il faut que tu comprennes enfin une chose : tous ces gens allaient à la mort calmement et dans la plus grande dignité. C'est une chose terrible d'aller aussi calmement à la mort. C'est bien plus difficile que de tirer des coups de feu. Il est tellement plus facile de mourir le doigt sur la détente. Pour nous, mourir était tellement plus facile que pour un homme qui devait monter dans le wagon, subir le transport, creuser lui-même sa tombe, se déshabiller... Est-ce que tu comprends, maintenant ?

— Oui, dis-je. Maintenant, oui. Car il nous est tellement plus facile de les voir tomber au combat que de regarder un homme creuser sa tombe.

Un jour, dit-il, j'ai vu un attroupement rue Zelazna. Les gens se pressaient autour d'un tonneau — un simple tonneau en bois —, sur lequel se tenait un Juif. Il était vieux, petit et barbu.

Près de lui s'agitaient deux officiers allemands. (Deux hommes grands et beaux à côté de ce petit Juif voûté.) Avec de gros ciseaux de tailleur, ils lui coupaient sa longue barbe par mèches, en se tordant de rire.

La foule qui s'agglutinait autour riait aussi. En effet, la situation était très comique : un petit bonhomme hissé sur le tonneau, avec sa barbe de plus en plus courte, disparaissant à grands coups de ciseaux. C'était comme un gag au cinéma.

Le ghetto n'existait pas encore, la scène ne semblait donc pas terrifiante. Ce qui arrivait au Juif n'avait d'ailleurs rien de terrible, sinon le fait qu'on pouvait le hisser impunément sur un tonneau, que les gens commençaient à réaliser que cela était permis, et que l'homme était risible.

Tu sais quoi ?

C'est là que j'ai compris que le plus important était de ne pas se laisser hisser sur un tonneau. Jamais et par personne. Tu comprends ?

Tout ce que j'ai fait par la suite, c'était pour ne pas me laisser faire.

— C'était le début de la guerre et tu pouvais encore fuir. Tes amis se sont bien sauvés par la montagne pour aller là où il n'y avait pas de tonneaux...

— Ils étaient différents. Des garçons formidables, de bonne famille. Ils faisaient de brillantes études. Chez eux, il y avait le téléphone et de beaux tableaux, des originaux, pas des copies. À côté d'eux, j'étais un rien du tout. Je ne faisais pas partie de la bonne société. J'étais un élève médiocre, je chantais faux, je ne savais pas monter à bicyclette et je n'avais pas de chez-moi, car ma mère est morte alors que j'avais quatorze ans. (De *colitis ulceroza*, ulcère inflammatoire de l'intestin. Le premier malade que j'ai soigné souffrait exactement de la même affection. Mais on connaissait déjà l'encortone et la pénicilline, et il s'en est sorti en quelques semaines.)

Que disions-nous au juste ?

— Que tes amis étaient partis.

— Vois-tu, avant la guerre, je disais aux Juifs que leur place était ici, en Pologne. Qu'il y aurait le socialisme et qu'il fallait rester. Alors, quand la guerre a éclaté et que tous ceux qui étaient restés ont dû subir le sort réservé aux Juifs, est-ce que moi je pouvais partir ?

Après la guerre, tous ces amis sont devenus des directeurs de sociétés japonaises, des physiciens dans des laboratoires nucléaires américains ou des professeurs d'université. C'étaient des gens doués, je te l'ai déjà dit.

— Mais toi aussi, tu avais fait tes preuves. Tu as été reconnu comme un héros. Ils pouvaient t'accepter dans leur brillante compagnie.

— Ils m'ont proposé de les rejoindre. Mais moi, j'ai accompagné quatre cent mille personnes sur l'Umschlagplatz. Je les ai tous vus défiler devant moi, passer le portail…

Cesse de me poser toutes ces questions stupides : « Pourquoi es-tu resté ? », « Pourquoi n'es-tu pas parti ? »

— Mais je ne t'ai jamais demandé ça.

— …

— Alors ?

— Alors quoi ?

— Parle-moi des fleurs. Ou peu importe, parle de ce que tu veux. Mais pourquoi pas des fleurs que tu reçois à chaque anniversaire de l'insurrection de la part d'un expéditeur inconnu. Trente-deux bouquets jusqu'à ce jour.

— Trente et un. En 1968, je n'en ai pas reçu. Ça m'a fait de la peine mais, l'année suivante, ça a recommencé et ça continue. Une fois, c'étaient des boutons d'or. L'année dernière, des roses. Cette année, des jonquilles. Toujours des fleurs jaunes. Le garçon fleuriste me les apporte sans un mot d'accompagnement.

— Je ne suis pas sûre qu'il faille en parler. Des fleurs jaunes anonymes... Quelle mauvaise littérature ! Toi, il t'arrive toujours de ces histoires à deux sous, comme ces prostituées qui t'apportent tous les jours un petit pain. Mais dire qu'il y avait des prostituées dans le ghetto, cela ne se fait pas, non ?

— Je n'en sais rien. Probablement pas. Dans le ghetto, il devrait plutôt y avoir des martyrs et des Jeanne d'Arc, n'est-ce pas ? Mais puisque tu veux savoir, sache qu'il y a eu des prostituées dans l'abri d'Anielewicz, rue Mila, et même un maquereau. Un grand costaud tatoué, avec de gros biceps. C'étaient de gentilles filles, de bonnes ménagères. Nous nous sommes réfugiés dans leur abri quand notre quartier a commencé à flamber. On était tous là : Anielewicz, Celina, Lutek, Jurek Wilner. Nous étions si heureux de pouvoir rester ensemble... Ces filles nous ont donné à manger, Guta avait des cigarettes « Juno ». Ce fut sans doute un de nos plus beaux jours dans le ghetto.

Quand nous sommes revenus là, plus tard, alors que c'en était fini pour eux et qu'il n'y avait plus ni

Anielewicz, ni Lutek, ni Jurek Wilner, nous avons retrouvé les filles dans une cave voisine.

Le lendemain, nous descendions dans les égouts.

On y est tous descendu, moi le dernier, et l'une des filles m'a demandé si elles pouvaient passer avec nous du côté aryen. Je lui ai répondu non.

Tu vois.

Surtout ne me demande pas pourquoi. Je ne pourrai pas expliquer aujourd'hui pourquoi j'ai dit « non ».

— Est-ce que tu avais déjà eu la possibilité de passer du côté aryen ?

— J'y allais légalement tous les jours. En tant que garçon d'hôpital, je portais le sang des malades du typhus au laboratoire épidémiologique de la rue Nowogrodzka.

J'avais un laissez-passer. Il n'y en avait que très peu dans tout le ghetto : à l'hôpital de la rue Czyste, au Conseil juif et dans mon hôpital où j'étais le seul à en avoir un. Les gens du Conseil étaient tous des dignitaires. Ils prenaient un fiacre pour se rendre dans les administrations. Moi, j'allais à pied, l'étoile au bras, au milieu des passants qui me regardaient tous, fixant mon brassard, curieux ou compatissants, parfois ironiques...

Je suis sorti tous les matins à huit heures, pendant plusieurs années, et rien ne m'est jamais arrivé. Personne ne m'a arrêté, personne n'a appelé la police, et même personne ne s'est mis à rire. Les gens ne faisaient que regarder. C'est tout. Ils me regardaient...

— Je t'ai demandé pourquoi tu n'es pas resté du côté aryen ?

— Je ne sais plus. C'est impossible de s'en souvenir encore aujourd'hui.

— Avant la guerre, tu n'étais rien. Comment se fait-il qu'en trois ans tu sois devenu membre de l'état-major de l'Organisation juive de combat ? Tu étais l'un des cinq hommes choisis sur trois cent mille…

— Ce n'est pas moi qui aurais dû y être. Ce devait être… Enfin qu'importe, appelons-le Adam. Il avait fait l'école d'officiers avant la guerre, avait participé à la campagne de 1939, à la défense de Modlin. Son courage était connu de tous. Durant des années, il fut mon idole.

Un jour, je marchais avec lui dans la rue Leszno. Elle était noire de monde. Soudain, des SS se sont mis à tirer.

La foule décampa. Lui aussi.

Vois-tu, pour moi, il était impensable d'imaginer qu'il puisse avoir peur. Et lui, mon idole, s'était enfui.

Il était habitué à avoir toujours une arme sur lui : à l'école d'officiers, pendant la bataille de Varsovie en septembre, à Modlin. Les autres en face avaient des armes, lui aussi en avait une et il était courageux. Mais quand il se trouva sous le feu sans pouvoir tirer, il devint un autre homme.

C'est arrivé subitement, sans un mot, du jour au lendemain. Il a tout simplement cessé d'agir. Il n'était même plus en état de se rendre à la première réunion du commandement. J'y suis allé à sa place.

Il avait une petite amie, Ania. Elle s'est retrouvée un jour à la prison de Pawiak. Par la suite, elle s'en est sortie, mais quand ils l'ont embarquée, il s'est complètement effondré. Il est venu nous voir, il a posé ses mains sur la table et s'est mis à expliquer que nous étions de toute façon perdus, qu'ils allaient nous égorger, que nous étions jeunes et qu'il fallait fuir dans la forêt...

On l'a laissé parler.

Quand il est parti, quelqu'un a dit : « C'est parce qu'ils l'ont prise. Maintenant, il n'a plus de raison de vivre. Il va mourir. » C'est qu'il fallait à tout prix avoir quelqu'un sur qui centrer sa vie, quelqu'un pour qui se démener. Rester passif, c'était signer son arrêt de mort. L'activité était la seule chance de survie. Il fallait faire quelque chose, avoir un but.

Cette agitation ne débouchait sur rien, puisque tout le monde se faisait tuer, mais au moins on n'avait pas l'impression d'attendre notre tour les bras croisés.

Quant à moi, je m'occupais sur l'Umschlagplatz. J'étais chargé de faire sortir ceux dont nous avions le plus besoin, grâce à nos complicités dans la police. Un jour, j'ai repêché un jeune gars avec sa copine. Lui était à l'imprimerie, et elle était un très bon agent de liaison. Ils ont été tués peu après. Le garçon dans l'insurrection, mais après avoir réussi à imprimer encore un journal, la fille a été embarquée sur l'Umschlagplatz après l'avoir distribué.

Tu vas me demander quel sens ça avait ?

Aucun, sinon qu'on ne se laissait pas mettre sur un tonneau. C'est tout.

Il y avait un dispensaire sur l'Umschlagplatz où travaillaient des élèves d'une école d'infirmières. C'était du reste la seule école du ghetto. Luba Blum la dirigeait, en veillant à ce que tout y soit comme dans une vraie école modèle : des blouses blanches comme neige, des bonnets amidonnés, une discipline exemplaire. Pour sortir quelqu'un de l'Umschlagplatz, il fallait persuader les Allemands qu'il était vraiment malade. Les malades étaient reconduits chez eux en ambulance. Jusqu'au dernier jour, les Allemands voulaient faire croire aux gens qu'ils partaient travailler. Or seuls des gens en bonne santé pouvaient travailler. Aussi les jeunes filles du dispensaire, les infirmières, brisaient-elles les jambes à ceux qu'il fallait sauver. Elles posaient la jambe sur un cube de bois, donnaient un coup avec un autre cube, tout ça dans leurs blouses immaculées d'élèves modèles.

Avant d'être chargés dans les wagons, les gens attendaient dans un bâtiment scolaire. On les sortait de là étage par étage. Ceux du rez-de-chaussée se réfugiaient au premier, ceux du premier au deuxième, mais il n'y avait que trois étages. C'est au troisième que toute énergie les quittait, car ils ne pouvaient se réfugier plus loin. Le troisième étage abritait une grande salle de gymnastique. Des centaines de gens y gisaient à même le sol. Personne ne se tenait debout, personne ne marchait, personne ne bougeait. Les gens étaient étendus, apathiques et muets.

La salle avait un recoin. C'est là-dedans que des Vlassov[1] — six, peut-être huit — ont violé une fille. Ils l'ont violée à tour de rôle, et quand ils ont terminé, la fille s'est relevée, elle a traversé toute la salle, trébu-

---

[1]. Soldats de l'armée Vlassov, formée essentiellement de Russes et d'Ukrainiens capturés par la Wehrmacht à partir de 1941, et placés sous les ordres du général Vlassov de 1942 à 1945.

chant sur les corps étendus, blême, nue, ensanglantée, et s'est assise dans un coin. La foule a vu toute la scène. Personne n'a rien dit. Personne n'a bougé. C'était le silence.

— Tu l'as vu ou on te l'a raconté ?

— Je l'ai vu. J'étais au fond de la salle et j'ai tout vu.

— Tu étais au fond de la salle ?

— Oui. Je l'ai raconté un jour à Elzbieta. Elle m'a demandé : « Et toi ? Qu'as-tu fait ? — Rien, lui ai-je répondu. Et puis, ça ne sert à rien d'en parler avec toi. Tu n'y comprends rien. »

— Je ne vois pas pourquoi tu t'es fâché. Elzbieta a réagi comme tout individu normal.

— Je le sais. Je sais également ce qu'un individu normal doit faire dans une situation pareille. Quand on viole une femme, un homme normal vole à son secours, n'est-ce pas ?

— Si tu l'avais fait seul, ils t'auraient tué. Mais si tous les autres s'étaient levés, ils auraient facilement neutralisé les Ukrainiens.

— Mais personne ne s'était levé. Personne n'était plus en état de s'arracher au sol. Ces gens n'étaient plus capables que d'attendre leur tour pour aller dans les wagons. Mais pourquoi parlons-nous de ça ?

— Je ne sais plus. Tu avais dit qu'il fallait s'occuper.

— Je m'occupais donc sur l'Umschlagplatz... Elle a survécu, cette fille, tu sais. Je te le jure. Elle a un mari, deux enfants, et elle est très heureuse.

— Tu étais donc sur l'Umschlagplatz...

— ... et un jour, j'ai fait sortir Pola Lifszyc. Le lendemain, en passant chez elle, Pola a vu que sa mère n'était plus là. Elle était déjà dans le groupe conduit vers l'Umschlagplatz, alors Pola a couru après, elle a suivi la foule de la rue Leszno à la rue Stawki. Son fiancé l'a même prise sur son cyclopousse pour aller plus vite, et elle y est arrivée. Au dernier moment, elle s'est glissée dans la foule pour pouvoir monter avec sa mère dans le wagon.

Korczak, tout le monde le connaît, n'est-ce pas ? Korczak est un héros. Il est parti volontairement à la mort avec ses enfants.

Mais Pola Lifszyc qui a choisi de partir avec sa mère ? Qui a entendu parler de Pola Lifszyc ?

Pourtant, elle aurait très bien pu passer du côté aryen. Elle était jeune, jolie, elle ne ressemblait pas à une Juive, elle avait cent fois plus de chances de s'en sortir que n'importe qui.

— Tu as parlé des tickets de vie. Qui les distribuait ?

— Il y en avait quarante mille. Des carrés de papier blanc avec un tampon. Les Allemands les ont donnés au Conseil juif en disant : « Faites la distribution vous-mêmes. Ceux qui auront un ticket resteront dans le ghetto. Les autres iront sur l'Umschlagplatz. »

Cela s'est passé en septembre 1942, deux jours avant la fin de la liquidation du ghetto. Le médecin-chef de notre hôpital, Mme Heller, avait reçu une dizaine de tickets. Elle a déclaré : « Je ne les distribuerai pas. »

N'importe quel autre médecin aurait pu les distribuer, mais tout le monde pensait qu'elle saurait les donner à ceux qui le méritaient le plus.

Tu te rends compte ! « Ceux qui le méritaient le plus ! » Existe-t-il une mesure permettant de trancher qui a le droit de vivre ? Non, il n'en existe pas. Mais des délégués sont allés supplier Mme Heller pour qu'elle accepte, aussi a-t-elle commencé à distribuer les tickets.

Elle en donna un à Frania. Mais Frania avait encore une sœur et sa mère. Tous ceux qui avaient des tickets furent rassemblés rue Zamenhof. Autour d'eux s'agglutinait une foule de gens qui n'en avaient pas. Dans cette foule, il y avait la mère de Frania. Elle s'accrochait à sa fille, et Frania, qui devait rejoindre son groupe, lui a dit : « Maman, pars… », et elle l'a éloignée de la main. « Il faut partir. »

Oui, Frania a survécu.

Par la suite, elle a sauvé une dizaine de personnes. Elle a aussi dégagé un gars pendant l'insurrection de Varsovie et l'a porté dans ses bras. Tout compte fait, elle a été extraordinaire.

L'infirmière en chef, Mme Tenenbaum, avait aussi obtenu un ticket. Elle avait été l'amie de Berenson, le célèbre avocat au procès de Brzesc[1]. Elle avait une fille, Deda, à qui la directrice n'avait pas donné de ticket. Elle a donc donné son ticket à Deda en disant : « Tiens ça un instant, je reviens tout de suite », et elle est montée pour avaler une fiole de Luminal.

Nous l'avons trouvée le lendemain. Elle vivait encore.

Crois-tu que nous aurions dû la sauver ?

— Qu'est devenue la fille qui avait hérité du ticket ?

— Réponds-moi d'abord. Aurions-nous dû la sauver ?

---

1. Procès politique d'avant-guerre, en 1931, à l'occasion duquel des parlementaires et des leaders de gauche furent emprisonnés au camp de Brzesc.

— Tu sais, Tosia Goliborska m'a dit que sa mère aussi avait absorbé du poison, « et mon crétin de beau-frère l'a sauvée, a-t-elle ajouté. Pouvez-vous seulement imaginer un tel crétin ? La sauver pour qu'ils la traînent quelques jours plus tard sur l'Umschlagplatz ? »

— Quand la liquidation du ghetto a commencé et qu'ils ont évacué le rez-de-chaussée de notre hôpital, une femme accouchait à l'étage. Un médecin et une infirmière étaient à ses côtés. Lorsque l'enfant est né, le médecin l'a remis à l'infirmière. Elle l'a posé sur un oreiller, l'a recouvert d'un autre. Le bébé a poussé quelques cris et s'est tu.

Cette infirmière n'avait que dix-neuf ans. Le médecin ne lui avait pas dit un mot. Elle savait ce qu'elle avait à faire.

Encore heureux que tu ne me demandes si cette fille est vivante, comme tu l'as demandé à propos de la doctoresse qui avait donné son cyanure aux enfants.

Elle vit en effet, et c'est une grande pédiatre.

— Alors, qu'est devenue Deda, la fille de Mme Tenenbaum ?

— Rien. Elle a été tuée aussi. Mais avant, elle a eu quelques mois de bonheur. Elle a aimé un garçon. Avec lui, elle était toujours radieuse et souriante. Elle a vraiment eu quelques mois de bonheur.

Ce Français de *L'Express* m'a demandé si les gens s'aimaient dans le ghetto. Eh bien…

— Excuse-moi. Toi aussi, tu as eu ton ticket ?

— Oui. Nous étions en colonne par cinq. J'étais au quinzième rang. Il y avait déjà Frania et la fille de Mme Tenenbaum. Quand j'ai aperçu mon amie et son frère, je les ai vite attirés dans les rangs, mais bien d'autres en faisaient autant et l'on n'était plus quarante, mais quarante-quatre mille personnes.

Les Allemands ont compté et séparé les derniers quatre mille, pour les envoyer sur l'Umschlagplatz. Mais moi, j'étais dans les premiers quarante mille.

— Donc, le Français t'a demandé…

— … si les gens s'aimaient. Eh bien, la seule possibilité de vivre dans le ghetto était d'avoir quelqu'un. On s'enfermait avec l'autre — au lit, dans une cave, n'importe où — et l'on n'était plus seul jusqu'à la rafle suivante.

À l'un on avait pris sa mère, à l'autre son père, abattu devant ses yeux, ou sa sœur, embarquée dans un transport. Si, par miracle, on avait pu se sauver et survivre, il fallait s'accrocher à un autre être vivant.

Les gens se cramponnaient les uns aux autres comme jamais auparavant, dans une vie normale. Pendant la dernière grande rafle, ils couraient au Conseil chercher un rabbin ou quiconque pourrait les marier, et ils partaient mariés à l'Umschlagplatz.

La nièce de Tosia était allée avec son fiancé au numéro un de la rue Pawia où habitait un rabbin. Alors qu'elle sortait de son mariage, des Ukrainiens se sont emparés d'elle, l'un d'eux lui posant le canon de son fusil sur le ventre. Son mari a écarté le canon et lui a protégé le ventre de sa main. Elle est quand même partie sur l'Umschlagplatz. Quant à lui, la main arrachée, il s'est enfui du côté aryen et il est mort par la suite dans l'insurrection de Varsovie.

C'était ce qui comptait le plus : avoir quelqu'un prêt à te protéger le ventre s'il le fallait.

— Quand a commencé la grande rafle, l'Umschlagplatz et tout le reste, aviez-vous compris, toi et tes copains, ce que cela signifiait ?

— Oui. Le 22 juillet 1942, après l'affichage de l'avis « Transfert de la population à l'est », nous avons collé la nuit même des tracts disant : « Le transfert, c'est la mort. »

Le lendemain, on a commencé à conduire sur l'Umschlagplatz les prisonniers et les vieillards. Ça a duré toute une journée car il y avait six mille prisonniers à transporter. Les gens restaient le long des trottoirs et regardaient et, tu sais, il y avait un silence. Tout ça se passait dans un grand silence.

Bientôt, il n'y eut plus ni prisonnier, ni vieillard, ni mendiant, mais chaque jour il fallait fournir dix mille personnes. On en a chargé la police juive, sous surveillance allemande, et les Allemands disaient : « Tout se passera bien, il n'y aura pas de coups de feu, si chaque jour à quatre heures vous avez chargé dix mille personnes dans les wagons. » (Car le transport devait partir à quatre heures.) Aussi les policiers juifs disaient-ils aux gens : « Nous devons en fournir dix mille, le reste sera sauvé. » Et ils raflaient eux-mêmes les gens, d'abord dans les rues, puis dans les immeubles, et enfin dans les appartements…

Nous avions condamné à mort certains policiers : Szerynski, le chef de la police, Lejkin et quelques autres.

Le 23 juillet, deuxième jour de la grande rafle, les représentants de tous les mouvements politiques se sont réunis et, pour la première fois, ils ont parlé de lutte armée. Tous semblaient décidés et se demandaient où trouver des armes. Mais quelques heures plus tard, vers deux ou trois heures de l'après-midi, quelqu'un est arrivé, annonçant que la rafle avait cessé, et que plus personne ne serait déporté. Beaucoup en doutaient, mais cela a détendu l'atmosphère et aucune décision n'a été prise.

La plupart n'arrivaient toujours pas à croire à la mort. « Est-il possible, disaient-ils, qu'ils assassinent tout un peuple ? » Et ils se rassuraient : « Il faut livrer ces gens à l'Umschlagplatz pour sauver les autres... »

Le soir du premier jour de la grande rafle, le président du Conseil juif, Adam Czerniakow, s'est suicidé. C'était le seul jour où il a plu. Sinon, il a fait un temps splendide durant toute la rafle. Le jour où Czerniakow est mort, le soleil était rouge au couchant et nous pensions qu'il pleuvrait le lendemain, mais la matinée fut de nouveau radieuse.

— Pourquoi vouliez-vous qu'il pleuve ?
— Pour rien. Je te relate seulement les faits.

Quant à Czerniakow, nous lui en avons voulu. Nous pensions qu'il n'aurait pas dû...

— Je le sais. On en a déjà parlé.
— Ah bon ?

Tu sais qu'après la guerre, quelqu'un m'a dit que Lejkin, le policier que nous avions exécuté dans le ghetto, venait alors d'avoir son premier enfant, après dix-sept ans de mariage, et qu'il croyait pouvoir le sauver par son zèle.

— Veux-tu encore ajouter quelque chose à propos de la grande rafle ?
— Non. La grande rafle était terminée.

Je suis resté vivant.

Il se trouve que M. Rudny, Mme Bubner et M. Wilczkowski, alpiniste, ont chacun eu leur infarctus un vendredi, ou dans la nuit du vendredi au samedi. Aussi, pour chacun d'eux, le samedi fut-il un jour où ils n'eurent plus rien à faire. Chacun resta couché, immobile sous la perfusion de xylocaïne, donnant libre cours à ses pensées.

L'ingénieur Wilczkowski, par exemple, pensa à la montagne, plus exactement à un sommet doré de soleil, où l'on dénoue enfin la corde pour s'asseoir. Ce n'étaient pas un sommet dans les Alpes, ni en Éthiopie, ni même de l'Hindû-Kûsh, mais un pic des Tatras, le Mieguszowiecki, ou peut-être le Zabi Mnich qu'il avait escaladé une fois en septembre, par une très belle voie sur la face ouest.

M. Rudny (première transplantation à chaud d'une veine sur le cœur) songea aux machines. Des machines modernes, bien entendu, importées de Suisse ou d'Angleterre, et toutes en marche, car pas la moindre pièce n'y manquait.

Mme Bubner (inversion de la circulation sanguine) eut devant ses yeux une petite injectrice. Un ouvrier en sortait des pièces en matière plastique qu'elle plongeait ensuite dans un colorant bouillant. C'était la tâche la plus importante. Puis elle montait le stylo à bille (pour les pointes suisses qu'elle parvenait à recevoir par colis, elle avait bien entendu le quitus de la douane), elle posait la marque et le mettait dans une boîte.

Voilà à quoi pensaient les malades du docteur Edelman, couchés sous le goutte-à-goutte de xylocaïne.

D'habitude, sous le goutte-à-goutte, on pense au plus important.

Pour Mme Braude-Heller, le médecin-chef de l'hôpital du ghetto, le plus important avait été de savoir à qui donner le ticket de vie. Mais pour M. Rudny, le plus important était les pièces détachées. Si Mme Braude-Heller avait eu à donner un ticket à M. Rudny, ce ticket eût été pour les machines, car elles sont toute sa vie. La vie de Mme Bubner, ce sont les stylos à bille, et celle de M. Wilczkowski — le pic Mieguszowiecki.

Quant à M. Rzewuski, il ne pensait à rien.

Si M. Rzewuski s'était souvenu du meilleur de sa vie, comme Mme Bubner ou M. Rudny, il aurait sans doute pensé à l'usine qu'on lui avait confiée à vingt-huit ans et reprise à quarante-trois. Il aurait tout d'abord humé l'odeur du métal, puis entendu quelqu'un entrer, un croquis à la main ; il aurait su que le projet allait prendre corps, devenir un objet qu'on pourrait voir, vérifier, mesurer. Voyant façonner le métal, il aurait été impatient de toucher du doigt le prototype aperçu un instant plus tôt sur le croquis...

(L'usine, dit M. Rzewuski, a été pour moi ce que fut le ghetto pour le docteur Edelman : la chose la plus importante de ma vie. L'action, l'occasion de faire ses preuves. La véritable aventure d'un homme.)

Si M. Rzewuski avait pensé à quelque chose, c'est certainement à cela qu'il aurait pensé, couché sous la perfusion, mais — comme je l'ai dit — il n'a pensé à rien, ni quand le Professeur attendait dans son cabinet, hésitant, alors que l'anesthésiste s'affairait déjà autour de lui, ni quelques heures plus tard, quand le

Professeur, Edelman et Chetkowska observaient heureux les sauts du point lumineux sur le moniteur. Durant tout ce temps, il n'a éprouvé qu'une seule sensation, la douleur, et rien n'était plus important pour lui que de calmer cette douleur, ne fût-ce qu'un instant.

Ce fut une première cette escalade de la face ouest. Peut-être que ce n'était pas en septembre, mais, en tout cas, ils avaient beaucoup de soleil sur la paroi. Arrivés au sommet, ils voyaient le lac Morskie Oko et, par-delà les nuées, un monde entassé et le mont Babia Gora. Quand on avait demandé à l'Anglais Mallory pourquoi il avait escaladé l'Everest, il avait répondu : *Because it exists*, parce qu'il existe. Le sommet doré resta devant lui toute la journée du samedi (à la xylocaïne, on avait ajouté de l'ultracortène) ; il l'escaladait, le voyait distinctement, mais ne pouvait s'en approcher d'un millimètre, et il comprit qu'il n'atteindrait plus jamais ce pic ensoleillé.

Il se mit à évaluer ses chances d'en sortir. Jusqu'à présent, il n'avait jamais eu d'accident de montagne, mais cela ne le rassura guère, car, évidemment, un être pourrait croiser la voie de son destin. Le mauvais œil qui jette la malédiction sur les gens de la montagne. En Éthiopie (ils ne l'ont compris que par la suite), leur mauvais œil, c'était celui qui aurait dû porter le bagage numéro huit. Il n'avait pas voulu le prendre, un autre l'avait pris à sa place. Ils étaient huit, ils étaient partis le 8, et c'est le porteur du bagage numéro huit qui était tombé de la bâche du camion pour une raison incompréhensible, puisque tous s'y étaient attachés ensemble pour dormir. Lors de l'expédition de l'Everest, dirigée par Dyhrenfurth, un hindou était mort d'épuisement et c'est encore ce même mauvais œil qui fut le dernier à le voir vivant et, du reste, l'hindou portait sa veste. Durant toute la nuit du samedi à dimanche, Wilczkowski fit le point sur lui-même et, bien qu'il s'efforçât de rester parfaitement objectif, il finit par conclure que ses coordonnées ne se croisaient sur rien d'inquiétant, ce qui le tranquillisa beaucoup.

Les quatre tambours de la machine anglaise doivent être synchronisés afin qu'il n'y ait aucune tension et que la marchandise ne se déchire pas. Et quand la marchandise (du ruban, du galon ou de la ganse élastique) entraînée par les tambours acquiert son humidité et sa vitesse, que tout est parfaitement synchronisé, ça devient merveilleux, car on sait qu'on est le maître de la machine.

Les machines étaient donc bien huilées. Les tambours qu'il avait réussi à régler à la perfection tournaient régulièrement, et M. Rudny pouvait s'accorder un moment pour penser à son jardin qu'il faudrait bêcher et, pourquoi pas, y installer une tonnelle.

Sa femme lui disait qu'ils devraient plutôt construire une petite maison de campagne, comme cela se faisait partout.

Elle lui disait aussi que jusqu'ici ils avaient toujours réussi à obtenir ce qu'ils avaient désiré le plus : ils avaient réaménagé l'appartement avec des meubles à la mode, en bois clair ; ils avaient reçu sans attendre le bon d'achat pour la machine à laver. Ils bénéficiaient chaque année d'un séjour au centre familial de vacances, et elle-même avait toujours réussi à trouver de la viande de veau sans os. S'ils se remuaient un peu, ils pourraient aussi avoir leur petite maison. Voilà ce que lui disait sa femme qui, jusqu'à ce qu'elle le vît par la porte entrouverte de la salle de réanimation, avait cru qu'ils avaient réussi à obtenir tout ce qui compte vraiment dans la vie.

Les stylos à bille ne pouvaient être vendus qu'en librairie. Ni les kiosques à journaux ni les papeteries n'avaient le droit d'accepter leur marchandise, aussi les artisans étaient-ils à la merci des libraires. Le directeur d'une librairie pouvait décider d'en prendre mille ou deux mille d'un coup et Mme Bubner devait se débrouiller pour que la livraison ne traîne pas.

Son infarctus, elle l'a eu en rentrant du tribunal (elle a écopé d'un an avec sursis et trois ans de mise à l'épreuve). C'est là qu'elle a appris que le tarif était partout le même : tous les fabricants de stylos à bille laissaient 6 % aux libraires, c'est-à-dire de dix à vingt mille zlotys selon la livraison.

À l'audience, on a découvert que les cardiaques ne se recrutaient pas seulement parmi ceux qui arrosaient. Les intermédiaires aussi étaient dans un piteux état. L'un d'eux avalait sans arrêt des pilules de nitro et Mme le Juge était obligée d'ordonner une pause : « Un instant, a-t-elle dit, laissons la nitroglycérine faire son effet, ne vous énervez pas, surtout. »

Cependant, le vrai désastre, c'était ceux qui empochaient. L'un d'eux sortait d'un infarctus et le médecin légiste ne l'avait autorisé à déposer que pendant une heure. Aussi Mme le Juge devait-elle regarder tout le temps la montre pour pouvoir suspendre l'audience exactement au bout d'une heure. Il faut reconnaître qu'elle a été très correcte et compréhensive avec tous les cardiaques — artisans, intermédiaires, directeurs de librairie.

Quant à Mme Bubner, elle n'avait pas eu besoin d'assistance médicale. Ce n'est qu'après l'audience, chez elle, qu'elle a eu son infarctus. Sur la civière, elle a encore eu le temps de se soulever pour demander à son voisin de piquer son teckel avec ce qu'il pourrait trouver de mieux.

« Le docteur Edelman s'est approché de moi et il m'a dit : "Il faut opérer, madame Bubner." Alors, j'ai fondu en larmes et j'ai dit non. Mais il a insisté : "Il faut opérer, madame Bubner, vraiment." » (Le cas de Mme Bubner, c'était justement l'infarctus de la paroi antérieure du myocarde avec bloc de branches droit, celui où les gens deviennent de plus en plus calmes et silencieux, car tout meurt en eux petit à petit, imperceptiblement. Et Mme Bubner était cette quatorzième personne à partir de laquelle le Professeur a cessé de demander : « Qu'est-ce que vous me voulez ? », pour dire : « Essayons ! ») C'est pour cette raison qu'Edelman a insisté : « Il faut accepter, vraiment...

— ... alors, je me suis dit que feu mon mari était un homme si bon, si profondément religieux. Il me disait : "Tant pis, Mania, mais Dieu existe." Il était si actif dans la communauté juive. Après la réunion de la corporation, il n'allait jamais avec les autres au restaurant Malinowa, mais rentrait directement à la maison, et si par hasard j'avais envie de rester boire un verre, il me disait : "Je t'en prie, ma petite Mania, vas-y, mais donne-moi ton sac pour ne pas le perdre." Alors quand un tel homme demande quelque chose à son bon Dieu, le bon Dieu ne peut pas lui refuser. Même en prison, au palais Mostowski, un mois avant mon procès, je suis restée calme. Je savais que les portes allaient s'ouvrir devant moi, car il était impossible que mon mari ne puisse arranger ça pour moi. Vous ne me croyez pas ? Eh bien, le comptable de la corporation est venu, il a payé la caution et ils m'ont libérée en attendant le jugement.

« Alors, pour l'opération aussi, j'ai dit : "Ne vous en faites pas, docteur, vous verrez qu'il va tout arranger comme il faut." »

(Peu après ces mots, le Professeur nouait la veine cave dans le cœur de Mme Bubner, pour empêcher l'écoulement du sang, et pour diriger le sang artériel par les veines. À la grande joie de tous, le sang trouva son chemin à travers le cœur…)

Avant d'importer les nouvelles machines d'Angleterre, on avait envoyé Rudny en stage à Newcastle. Il avait remarqué que la contrôleuse anglaise éliminait beaucoup moins de rebuts que dans leur usine et il ne vit jamais une machine arrêtée faute de pièces. De retour à Lodz, il rêva de faire fonctionner les machines comme à Newcastle. Malheureusement, on pouvait se mettre en quatre sans pour autant obtenir les pièces nécessaires. Le rebut était toujours très élevé. Par-dessus le marché, il n'arrivait pas à s'entendre avec les jeunes ouvriers.

Quand M. Rudny est rentré de l'hôpital après l'opération (l'intervention à chaud où il s'agissait de savoir qui arriverait le premier : l'infarctus ou le médecin, le médecin ou le bon Dieu. Cette opération où le Professeur avait pris la fuite et ne voulait plus revenir, mais pour laquelle il est tout de même revenu le soir même. Pour être exact, le Professeur ne fut pas le seul à sortir. Edelman aussi est sorti, alors que c'était lui qui avait insisté pour qu'on opère. Il a dit : « Je vais réfléchir. » Lui aussi connaissait les livres où l'on précisait qu'il était exclu de procéder à de telles interventions. Il est revenu quelques heures plus tard. C'est là qu'Elzbieta Chetkowska s'est mise à crier : « Mais où étiez-vous passé ? Ne savez-vous pas que chaque minute compte ? ! »), quand M. Rudny est donc revenu à l'usine après l'opération dont toute la presse avait parlé, on l'a immédiatement affecté à un atelier plus reposant. On lui en a trouvé un où il n'y aurait ni machines importées, ni pièces manquantes, ni jeunes ouvriers ambitieux. À son nouveau poste, M. Rudny s'occupait des huiles de graissage. Vous parlez d'un travail ! Inspecter la machine, noter un chiffre sur un relevé, et c'est tout. M. Rudny comprenait parfaitement que c'était une tâche responsable. Si une machine tournant à plein régime est bien huilée, elle fonctionne des années. Mais quant à voir tout de suite le résultat de son travail, rien à faire.

Tous les trois, Mme Bubner, l'ingénieur Wilczkowski et M. Rudny, ont eu ce samedi-là beaucoup de temps pour réfléchir. Et ils ont décidé de ne plus jamais avoir d'infarctus.

On peut décider que l'on n'aura pas d'infarctus. De même qu'en optant pour un certain mode de vie, on accepte le risque d'en avoir un.

Aussitôt rentrée chez elle, Mme Bubner a donc liquidé son atelier. Elle doit garder les papiers cinq ans, et elle a aussi conservé ses stylos à bille, un exemplaire de chaque modèle. De temps en temps, elle les sort, les nettoie, les regarde, étincelants, à quatre couleurs, étiquetés, répertoriés sur les comptes. Puis elle les remet dans la boîte, la range et va doucement se promener.

Quant à M. Rudny, on l'a réintégré dans son ancien atelier, après la réception de nouvelles machines, suisses cette fois. Il s'est dit : « Doucement. Même s'il manque une pièce, rien ne m'oblige à réparer, ni à faire des pieds et des mains pour en trafiquer une nouvelle. Je n'ai qu'à remplir un formulaire de commande et tout sera en règle. » Et c'est ce qu'il fait. Il remplit la commande et tout est en règle.

Si toutefois il oublie la promesse qu'il s'est faite, ce n'est jamais pour bien longtemps. Il suffit qu'il ressente une douleur du côté du sternum et qu'il entende le médecin lui dire : « Monsieur Rudny, il faut jouir de la vie et ne pas s'en faire pour des machines », pour qu'il se contente à nouveau de remplir des commandes.

Alors, il ne sent plus la douleur. Il ne va plus à l'hôpital qu'en visite privée, le 5 juin, à chaque anniversaire de son opération. Il apporte trois bouquets de fleurs. Il en donne un au Professeur, un au docteur Edelman, et s'en va poser le troisième sur la tombe de la doctoresse Elzbieta Chetkowska, à Radogoszcz.

Lejkin, le policier que nous avions exécuté dans le ghetto, venait d'avoir son premier enfant, après dix-sept ans de mariage... Il croyait pouvoir le sauver par son zèle. La grande rafle était terminée, tu étais vivant...

Récemment, une dame t'a rendu visite, la fille du commandant de l'Umschlagplatz, que vous avez descendu également.

Elle était venue de loin.

« Pour quoi faire ? » lui as-tu demandé.

Elle a dit qu'elle voulait savoir pour son père. Tu lui as expliqué : « Il n'a pas voulu nous donner l'argent, la condamnation a été prononcée, je suis désolé...

— Combien ? a-t-elle demandé. Combien d'argent a-t-il refusé de vous donner ? »

Tu ne t'en souvenais plus. « Vingt mille, ou bien dix mille, plutôt dix... Nous avions besoin de cet argent pour acheter des armes », lui as-tu expliqué.

Elle a dit qu'il n'avait pas voulu vous donner l'argent, parce qu'il en avait besoin pour elle. On l'avait cachée du côté aryen, cela revenait cher.

Tu l'as regardée avec attention. « Vous avez des yeux bleus... Combien fallait-il payer pour un enfant aux yeux bleus ? Deux mille, deux mille cinq cents par mois... Ce n'était pas grand-chose pour votre père.

— Et pour un revolver ? a-t-elle demandé.

— Environ cinq mille. À l'époque, ça devait être encore cinq mille.

— Alors, c'était soit deux revolvers soit quatre mois de ma vie », a-t-elle dit avec tristesse.

Tu l'as assurée que vous n'aviez jamais fait ce genre de calcul, et que tu étais vraiment désolé.

Elle a demandé si tu connaissais son père. Tu lui as répondu que tu le voyais tous les jours à l'Umschlagplatz, où il venait travailler. D'ailleurs, il n'y faisait rien de mal, il comptait juste les gens qu'on expédiait dans les wagons. Chaque jour, on expédiait dix mille personnes qu'il fallait bien compter, alors il était là et comptait. Comme tout employé consciencieux. Il venait au travail, se mettait à compter ; une fois le nombre de dix mille atteint, il arrêtait le travail et rentrait à la maison.

Elle t'a demandé s'il n'y avait vraiment rien de mal à faire ça.

« Non, vraiment, as-tu répondu. Il n'a pas donné de coups, ne s'est acharné sur personne. Il n'a fait que répéter : un — deux — trois — cent — cent et un — mille — deux mille — trois mille — quatre mille — neuf mille un... » Combien de temps faut-il pour compter jusqu'à dix mille ? Dix mille secondes, à peine trois heures. Mais comme il s'agissait d'êtres humains qu'il fallait séparer, aligner, etc., cela devait prendre un peu plus de temps. Le transport partait toujours à seize heures précises, alors il quittait son poste. « Tout cela n'a d'ailleurs aucune importance, as-tu ajouté, car nous ne l'avons pas abattu pour ça, mais à cause de l'argent. Nous lui avons donné un délai : dix-huit heures. Quand il est rentré du travail, deux gars étaient en train de peindre les châssis de fenêtres, histoire d'observer l'appartement et de donner le signal. Comme toujours, il est arrivé à l'heure. Ils ont attendu deux heures avant d'aller frapper à sa porte ; il a ouvert... »

Elle t'a demandé : « Selon vous, est-ce qu'il a eu très peur ? Combien de temps cela a duré ? »

Tu lui as offert une cigarette, tout en affirmant qu'il n'avait pas eu le temps d'avoir peur. C'était une mort rapide, facile, bien plus facile que celle de beaucoup de gens.

« Pourquoi leur a-t-il ouvert la porte ? a-t-elle demandé. Pourquoi est-il rentré ? Il aurait très bien pu se cacher. Pourquoi est-il rentré à la maison après le travail ?

— Parce qu'il n'a pas pris au sérieux notre avertissement, lui as-tu expliqué. Il ne pouvait pas imaginer que ces Juifs, qu'il comptait tous les jours et qui se laissaient compter si docilement, sans un mot de protestation, que ces mêmes Juifs puissent commettre un tel acte.

— De toute façon, on l'aurait tué, dit-elle. Pourquoi ne pas l'avoir laissé mourir dans la dignité, comme un homme, pour que sa mort ait un sens… De quel droit avez-vous décidé de sa façon de mourir ? »

Elle était devenue rouge, ses mains tremblaient. Tu as essayé de garder ton calme. « Nous n'avons pas choisi la mort pour votre père. Nous l'avons choisi pour nous et pour les soixante mille Juifs qui restaient encore en vie. La mort de votre père n'a été que la conséquence de cet autre choix. Une conséquence malheureuse, j'en suis profondément désolé… »

Puis tu as ajouté : « Il est inexact de dire que la mort de votre père n'avait pas de sens. Au contraire. Après son exécution, plus personne n'a osé nous refuser l'argent pour les armes. »

Récapitulons donc :

La grande rafle était terminée, tu étais vivant…

— Il y avait encore soixante mille Juifs dans le ghetto. Ceux qui restaient avaient compris ce que voulait dire « déportation » et qu'on ne pouvait plus attendre. Nous avons pris la décision de créer une organisation armée unique pour l'ensemble du ghetto, ce qui n'était pas simple, car les uns se méfiaient des autres : nous des sionistes et eux de nous. Mais tout ça ne voulait plus rien dire. Nous avons créé une organisation unique, l'Organisation juive de combat.

Nous étions cinq cents, mais en janvier eut lieu une nouvelle rafle, et sur les cinq cents il n'en est resté que quatre-vingts. Lors de la rafle de janvier, les gens ont pour la première fois refusé d'aller docilement à la mort. Nous avons descendu quelques Allemands rue Muranowska, rue Franciszkanska, rue Mila et rue Zamenhof. C'étaient les premiers coups de feu dans le ghetto. Ils ont fait du bruit du côté aryen, car ça se passait avant les grandes actions armées de la résistance polonaise. Le poète du ghetto, Wladyslaw Szlengel, qui avait le complexe d'une mort docile, réussit encore à écrire un poème sur ces coups de feu. Il l'intitula « La contre-attaque » :

> *… Entends-tu, Dieu allemand,*
> *prier les Juifs dans leurs maisons barbares,*
> *une trique ou un gourdin à la main.*
> *Donne-nous, Seigneur, une lutte sanglante,*
> *accorde-nous une mort violente.*
> *Que nos yeux avant le trépas*
> *ne voient pas l'éternité des rails,*
> *mais que nos mains soient précises…*

Comme des fleurs pourpres et sanglantes,
à Niska, à Mila, à Muranow,
jaillit la flamme de nos canons,
c'est notre printemps, la contre-attaque,
l'ivresse du combat monte à la tête,
c'est notre forêt de maquisards,
les ruelles autour de Dzika et d'Ostrowska...

Pour être exact, je te dirai que « nos canons » d'où jaillissaient les flammes n'étaient que dix. Des pistolets que nous avions reçus de l'Armée populaire.

Le groupe d'Anielewicz, poussé sans armes sur l'Umschlagplatz, a commencé à se battre à mains nues avec les Allemands. Le groupe de Pelc, un jeune imprimeur de dix-huit ans, déjà repoussé sur l'Umschlagplatz, a refusé de monter dans les wagons. Van Oeppen, le commandant de Treblinka, les a tous fusillés sur-le-champ — soixante personnes. Je me souviens que Radio-Kosciuszko[1] a alors lancé des appels au combat à la population. On y entendait une femme crier « Aux armes ! Aux armes ! » sur fond sonore imitant le cliquetis des armes. On s'est même demandé avec quoi ils produisaient ce cliquetis car nous n'avions à ce moment-là en tout et pour tout que soixante pistolets.

— Et sais-tu qui a crié dans le micro ? L'actrice Ryszarda Hanin.

Installée à Kouïbychev, elle lisait alors des communiqués, des poèmes, des appels. Elle m'a dit que c'était fort probable que ce soit sa voix qui vous appe-

1. Radio-Kosciuszko, la radio polonaise installée en URSS.

lait aux armes… Mais ils n'ont pas fait cliqueter de vraies armes. Ryszarda Hanin dit que rien ne sonne plus faux à la radio qu'un son authentique…

— Une fois, Anielewicz avait voulu se procurer un revolver supplémentaire. Rue Mila, il a tué un *Werkschutz*. L'après-midi même, les Allemands sont arrivés et, par mesure de représailles, ils ont emmené tous les habitants de la rue Zamenhof, depuis la rue Mila jusqu'à la place Muranowski, quelques centaines de personnes. Nous étions furieux contre lui. On voulait même… n'en parlons plus.

Dans la maison par laquelle avait commencé cette rafle, au coin de la rue Mila et Zamenhof, habitait mon copain Hennoch Rus. (C'est lui qui avait emporté la décision de créer dans le ghetto une organisation unique de combat ; en effet, la discussion durait depuis des heures et, malgré plusieurs votes, on n'arrivait pas à trancher, car il y avait toujours autant de pour que de contre. Finalement, Hennoch a changé d'avis. Il a levé le bras, et la décision de créer l'Organisation juive de combat était prise.)

Hennoch Rus avait un fils. Au début de la guerre, le petit était tombé malade. Il lui fallait une transfusion. Je lui avais donné mon sang, mais l'enfant mourut aussitôt après. Le sang avait probablement provoqué un choc, ça arrive. Hennoch n'a rien dit, mais il m'évitait : c'était quand même mon sang qui avait tué son fils. C'est seulement lorsque la grande rafle a commencé qu'il m'a dit : « Grâce à toi, mon fils est mort dans son lit, comme un être humain. Je t'en suis reconnaissant. »

On rassemblait donc des armes.

On les faisait passer depuis le côté aryen (on forçait les particuliers et les institutions à nous verser de l'argent). On éditait également des journaux que les filles colportaient dans tout le pays...

— Combien payiez-vous un revolver ?

— Entre trois et quinze mille. Plus le mois d'avril approchait et plus c'était cher. La demande augmentait.

— Et combien fallait-il payer pour cacher un Juif du côté aryen ?

— Deux à cinq mille. Ça dépendait si la personne avait l'air d'un Juif, si elle parlait avec un accent, si c'était un homme ou une femme.

— Donc, pour le prix d'un revolver, on pouvait cacher une personne pendant un mois. Ou bien deux personnes, ou même trois...

— Pour le prix d'un revolver, on pouvait aussi racheter un Juif à un mouchard.

— Et si on vous avait mis devant le choix suivant : un revolver ou la vie d'un homme pendant un mois ?

— La question ne s'est jamais posée. Tant mieux !

— Vos filles colportaient des journaux à travers la Pologne...

— L'une d'elles les faisait parvenir au ghetto de Piotrkow. Là, nous avions des copains au Conseil juif. Il y régnait un ordre exceptionnel : pas de magouilles, une répartition équitable de la nourriture et du travail. Mais nous étions encore jeunes, inflexibles, et nous pensions qu'il ne fallait pas faire partie du Conseil, que c'était de la collaboration. Nous avons demandé à nos camarades de se tirer de là et quelques-uns sont alors venus à Varsovie. Il fallait les cacher, car les Allemands recherchaient tous les membres du Conseil de Piotrkow. Je me suis chargé de la famille Kellerman. Deux jours avant la fin de la grande rafle, quand on nous a fait sortir de l'Umschlagplatz pour aller chercher nos tickets de survie, j'ai aperçu Kellerman. Il se tenait derrière la porte de l'hôpital. Autrefois vitrée, cette porte avait été depuis longtemps rafistolée avec des planches, et je voyais Kellerman à travers une fente. Je lui ai fait signe pour lui faire comprendre que je le voyais et que je viendrais le chercher, puis on nous a poussés plus loin. Quand je suis revenu quelques heures plus tard, il n'y avait plus personne.

Tu sais, j'ai vu tellement de gens partir sur cette place, avant et après, mais c'est devant les Kellerman que j'aurais voulu pouvoir m'expliquer, car j'étais chargé de les protéger et j'avais promis de revenir les chercher. Ils m'ont attendu jusqu'au dernier moment, et je suis arrivé trop tard.

— Qu'est devenue la fille qui faisait la liaison avec le ghetto de Piotrkow ?

— Rien. Une fois, sur le chemin du retour, elle s'est fait prendre par les Ukrainiens qui voulaient la descendre, mais les nôtres ont réussi à arranger le coup en leur glissant quelques billets. Les Ukrainiens l'ont conduite au bord d'une fosse et ils ont tiré à blanc. Elle a fait semblant d'être touchée. Par la suite, elle a continué à porter nos journaux à Piotrkow.

On les imprimait sur un rouleau duplicateur. L'appareil se trouvait rue Walowa. Un jour, il a fallu le transporter ailleurs. La machine sur le dos, on est tombés sur des policiers juifs. Ils nous ont encerclés et voulaient nous conduire sur l'Umschlagplatz. Leur chef était un ancien avocat qui jusque-là s'était conduit correctement. Il ne battait personne et fermait les yeux si quelqu'un prenait la fuite. Nous avons finalement réussi à nous sortir de leurs pattes et j'ai dit aux copains : « Quel salaud, tout de même. » Ils m'ont expliqué qu'il avait craqué, croyant sans doute que c'était fini pour lui comme pour nous. C'est exactement ce que m'a dit son ami lorsque nous sommes allés témoigner en Allemagne. Je n'avais plus adressé la parole à l'avocat depuis la guerre. Et son ami m'a dit : « À quoi bon se rappeler tout ça encore aujourd'hui ? »

En effet. À quoi bon se rappeler ?

Quelques jours après qu'Anielewicz eut abattu le *Werkschutz*, en avril, et après le massacre qui a suivi, nous marchions dans la rue : Antek, Anielewicz et moi. Soudain, nous avons vu des gens sur la place Muranowski. Il faisait beau, le soleil brillait, et les gens étaient sortis de leurs caves pour en profiter. « Mon Dieu, ai-je soupiré, pourquoi sont-ils sortis ? Comment osent-ils se promener ? » Alors Antek a dit de moi : « C'est incroyable comme il les hait. Il voudrait qu'ils restent dans leur trou... » Je m'étais habitué à ce que les gens n'aient le droit de sortir que la nuit. Sortir en plein jour, se montrer, c'était la mort.

Je me souviens qu'Antek a été le premier à dire à la réunion du Commandement que les Allemands allaient incendier le ghetto. Alors que nous étions encore à nous demander ce qu'il fallait faire et comment mourir : se jeter sur le mur, se laisser fusiller sur les remparts de la Citadelle, ou mettre le feu au ghetto pour brûler avec ? Antek a dit : « Et s'ils mettent le feu eux-mêmes ? » Nous lui avons répondu : « Déconne pas, ils ne vont tout de même pas incendier une ville. » Le deuxième jour de l'insurrection, ils l'ont fait. Nous étions dans un abri, quand un gars est arrivé, terrifié, en hurlant au feu. La panique a éclaté : « C'est la fin ! On est perdus. » C'est à ce moment-là que j'ai été obligé de casser la gueule à ce garçon pour le calmer.

Nous sommes sortis dans la cour. Le feu nous encerclait, mais le ghetto central, heureusement, ne brûlait pas encore. C'était seulement chez nous, à la fabrique de brosses. J'ai dit qu'il faudrait traverser les flammes. Ania, l'amie d'Adam, celle qui s'était échappée de la prison de Pawiak, nous a déclaré qu'elle ne viendrait pas avec nous, car elle devait rester avec sa mère. On l'a laissée là et on s'est enfuis à travers les cours. Nous avons atteint le mur rue Franciszkanska. Il y avait une brèche, mais elle était éclairée par un projecteur. Les gars sont redevenus hystériques, refusant d'avancer, disant qu'à la lumière on allait tous être tués les uns après les autres. J'ai crié : « Si vous ne voulez pas venir, restez ! » Ils sont restés, à six, je crois. Zygmunt a tiré sur le projecteur avec le seul fusil que nous possédions et nous avons réussi à passer. (C'est ce même Zygmunt qui m'avait dit que je survivrais, mais pas lui, et que je devrais chercher sa fille dans un couvent.)

Ça te plaît, cet épisode du projecteur ? C'est autre chose que de mourir dans une cave. Il est bien plus digne d'escalader un mur que d'étouffer dans un trou noir, n'est-ce pas ?

— En effet.

— Alors je vais t'en raconter un autre du même genre. Peu avant l'insurrection, quand la rafle a commencé dans le petit ghetto, quelqu'un est venu m'annoncer qu'Abrasza Blum avait été pris. C'était un homme d'une grande intelligence, notre dirigeant d'avant la guerre. Je suis allé voir ce qui se passait.

Rue Ciepla, j'ai vu des gens, en rangs par quatre, avec des gardes ukrainiens placés tous les cinq ou dix rangs. Un cordon barrait la rue. Pour retrouver Blum, il fallait que je me rapproche, mais je ne pouvais ni longer la foule dans le dos des Ukrainiens ni y pénétrer, pour ne pas être embarqué avec. Alors je me suis mis à marcher entre les Ukrainiens et la foule, d'un pas décidé et énergique, bien en vue de tout le monde, comme si c'était mon droit d'être là. Et figure-toi que personne ne m'a rien dit.

— On dirait que c'est toi qui aimes bien ce genre d'histoires : les pas énergiques, le projecteur éteint d'un coup de feu, et que tu préfères ça aux caves.

— Non.

— Je crois que si.

— Je t'ai raconté l'histoire des Ukrainiens pour une tout autre raison. Ce soir-là, quand je suis rentré à la maison, Stasia qui avait des nattes si longues et épaisses pleurait dans l'escalier. « Pourquoi pleures-tu ? lui ai-je demandé. — C'est parce que je pensais qu'ils t'avaient pris. »

Voilà tout.

Chacun courait après des affaires de la plus haute importance, et Stasia avait attendu mon retour toute la journée.

— Nous avons perdu le fil au chapitre du projecteur, bien qu'à vrai dire je ne sois pas sûre qu'il existe un fil conducteur dans tout ça.

— Et tu trouves ça gênant ?

— Non, pas du tout. Nous ne sommes pas en train d'écrire l'Histoire. Nous parlons de la mémoire. Revenons donc au projecteur : Zygmunt l'éteint, vous passez par la brèche... Attends, et la fille de Zygmunt, cachée dans le couvent de Zamosc, qu'est-elle devenue ?

— Ela ? Je l'ai retrouvée après la guerre.

— Où est-elle ?

— Nulle part. Elle était partie en Amérique. Une famille riche l'avait adoptée et l'aimait profondément. Elle était belle et intelligente. Un jour, elle s'est suicidée.

— Pourquoi ?

— Je ne sais pas. Lors de mon séjour en Amérique, je suis allé voir ses parents. Ils m'ont montré sa chambre. Ils n'avaient touché à rien depuis sa mort. Mais j'ignore pourquoi elle s'est tuée.

— Toutes ces histoires que tu me racontes, ou presque toutes, se terminent par la mort.

— Celles-là ? Oui. C'est parce que ce sont les histoires d'avant. Celles que je te raconte sur mes malades débouchent sur la vie.

— Donc Zygmunt, le père d'Ela, vient de tirer sur le projecteur...

— ... nous avons sauté par-dessus le mur et couru jusqu'au ghetto central, rue Franciszkanska. Là, dans une cour, il y avait Abrasza Blum (qui finalement avait échappé à la rafle) et Gepner[1], le type à qui j'avais escamoté le pull dans une valise. Un très beau pull en laine moelleuse...

— Je sais. Tosia t'en a envoyé un récemment, presque identique, d'Australie. Et j'ai aussi lu un poème sur Gepner, « Le chant du marchand de fer, Abraham Gepner ». Il y est dit entre autres que ses amis du côté aryen l'avaient supplié de sortir, mais il a refusé et il est resté dans le ghetto jusqu'à la fin. As-tu remarqué combien ce thème revient souvent dans les récits du ghetto : la possibilité de sortir et la décision de rester ? Korczak, Gepner, vous autres... Peut-être parce que choisir entre la vie et la mort était la dernière chance de préserver sa dignité...

— Dans la cour de la rue Franciszkanska, Blum nous a dit qu'un groupe de l'Armée de l'Intérieur avait tenté de forcer le mur, rue Bronifraterska, mais sans succès, qu'Anielewicz était désespéré, qu'il n'y avait même plus d'armes et qu'on ne pouvait plus compter sur rien... Alors je leur ai dit : « D'accord, mais ne restons pas là. » Et eux de demander : « Et où pouvons-nous aller ? » Avec Gepner et Blum, nous étions une trentaine. Tout le monde attendait un ordre de moi, or je n'avais aucune idée de l'endroit où aller.

Ne sachant pas quoi faire, nous sommes descendus dans les caves. Le soir, Adam a décidé de retourner chercher Ania. Il avait besoin d'une escouade. J'ai demandé qui voulait l'accompagner. Deux ou trois

---

1. Abraham Gepner, président de l'Association des commerçants, membre du Conseil juif, dirigea le département du ravitaillement dans le ghetto. Il consacra ses moyens et son énergie aux maisons d'enfants qu'il patronnait.

gars se sont portés volontaires et ils sont partis. Au retour, ils nous ont rapporté que l'abri d'Ania et de sa mère avait déjà été enseveli et que les six qui n'avaient pas voulu nous suivre étaient morts eux aussi.

Tu veux peut-être savoir si j'éprouve des remords de les avoir laissés ?

— Non.

— Je n'ai pas de remords, mais je ressens une sorte de tristesse.

Le lendemain, j'ai rencontré tout le monde : Anielewicz, Celina, Jurek Wilner... Nous sommes allés dans leur abri. Les deux filles, les prostituées, nous ont fait à manger et Guta nous a offert des cigarettes. C'était une belle journée, bien calme.

Qu'en dis-tu ? Peut-on raconter aux gens ce genre de choses ?

— Je ne vois pas à quoi tu penses.

— À ces six garçons que j'ai abandonnés dans la cour.

Un médecin doit-il raconter de pareilles histoires aux gens ? Dans le domaine de la médecine, il faut toujours saisir la moindre chance de sauver une vie.

— Est-ce qu'on ne pourrait pas plutôt parler d'un projecteur, d'un saut par-dessus le mur, d'épisodes comme ça ?

— Mais tout ça se mélange.

On court. Un copain se fait tuer. Puis on repart en courant. Adam sort la tête d'une cave au moment où une grenade roule contre le mur. Je crie : « Adam ! la grenade ! », et la grenade lui explose à la tête. Je bondis hors de la cave. Les Allemands sont dans la cour. Mais j'ai mes deux pistolets, tu te rappelles, en bandoulière. Je tire…

— Et tu les touches ?

— Pas du tout, mais je peux atteindre une maison. Ils me courent après, je grimpe sur le toit. Ça te plaît ?

— Formidable.

— Tu considères qu'il est plus digne de courir sur les toits que de rester dans une cave ?

— Je préfère quand tu cours sur les toits.

— Moi, je ne voyais pas la différence. Je ne l'ai ressentie que plus tard, lors de l'insurrection de Varsovie, quand tout se passait au grand jour, en plein soleil, dans un espace sans murs. Nous pouvions attaquer, battre en retraite, courir. Les Allemands tiraient, mais moi aussi je tirais, j'avais mon fusil, mon brassard rouge et blanc. Il y avait d'autres gens, des tas de gens partout avec des brassards rouge et blanc. C'était un combat magnifique, confortable !

— Revenons sur le toit.

— De là, j'ai couru pour atteindre un autre immeuble. Tout ça avec mon pull rouge qui faisait une cible parfaite sur un toit. Mais, à contre-jour, ils avaient du mal à m'atteindre. Dans l'autre maison, au cinquième étage, un gars était couché sur un grand sac de biscottes.

Je me suis arrêté près de lui. Il m'a donné une biscotte, puis une deuxième. Après, il ne voulait plus m'en donner. Ça se passait vers midi. À six heures, le gars est mort et j'avais tout le sac de biscottes pour moi. Malheureusement, il était trop difficile de sauter avec le sac, or je devais reprendre ma course. Quand je suis sorti dans la cour, j'ai vu les cadavres de nos cinq copains tués. L'un d'eux s'appelait Stasiek. Le matin même, il m'avait demandé une adresse du côté aryen, et comme je n'en avais aucune, je lui avais dit : « Ce n'est pas le moment. Il est encore trop tôt. » Il m'avait répondu : « Mais tu vois bien que c'est la fin, alors donne-la-moi, cette adresse, je t'en prie. » Mais je n'avais aucune adresse à lui donner. Peu après, il était sorti dans la cour, et je le retrouvais maintenant.

Il fallait enterrer nos copains.

Nous avons creusé une tombe dans la cour (au 30, rue Franciszkanska). Cela représente un énorme travail de creuser une tombe pour cinq. Nous les avons ensevelis et, comme c'était le 1er mai, nous leur avons chanté tout bas le premier couplet de *L'Internationale*. Me croiras-tu ? Il fallait tout de même avoir un grain pour chanter dans une cour de la rue Franciszkanska.

Ensuite, on a réussi à nous procurer du sucre et on a bu de l'eau sucrée. Dans mon détachement, il y avait quelques rebelles qui me trouvaient injuste et me reprochaient de ne pas leur donner suffisamment d'armes. Ils se sont mis en grève de la faim, refusant de boire cette eau.

— Sais-tu ce qui était le pire ?

C'est que de plus en plus de gens attendaient mes ordres.

— Et comment cette grève s'est-elle terminée ? (Une grève de la faim dans le ghetto ! Seigneur !)

— Tout simplement. Nous les avons forcés à boire. Tu ne sais pas comment on force les gens en temps de guerre ?

Ainsi, de plus en plus de gens, souvent plus âgés que moi et plus expérimentés, me demandaient ce qu'il fallait faire et je n'en savais rien moi-même. Je me sentais complètement seul.

Je n'ai pas arrêté de penser à ça durant toute la journée que j'ai passée auprès du garçon agonisant sur son sac de biscottes.

Le 6 mai, Anielewicz est arrivé chez nous avec Mira. Nous devions tenir une réunion. En fait, il n'y avait rien à dire et Anielewicz est allé se coucher. J'en ai fait autant. Le lendemain, je leur ai dit : « Restez ici. À quoi bon repartir ? », mais il voulait s'en aller. Nous les avons raccompagnés et le surlendemain, le 8 mai, nous sommes allés à leur planque au 18 de la rue Mila. Il faisait déjà nuit. Nous avons appelé, mais personne ne nous a répondu. Finalement, un gars nous a dit : « Ils ne sont plus là. Ils se sont suicidés. » Il restait encore quelques personnes et les deux prostituées. Nous les avons emmenés avec nous et, lorsque nous sommes rentrés, Kazik était déjà là avec des égoutiers, venus du côté aryen pour nous faire sortir. (Les deux filles m'ont demandé si elles pouvaient venir avec nous. J'ai répondu non.) C'est Jozwiak, c'est-à-dire « Witold » de l'Armée populaire, qui nous avait envoyé les guides pour les égouts. Ils nous ont conduits jusqu'à la plaque de sortie de la rue Prosta. Là, on a attendu une nuit et un jour, puis encore une nuit. Finalement, le 10 mai à neuf heures, la plaque s'est enfin ouverte. Dehors, un camion nous attendait avec nos copains et Krzaczek, l'envoyé de Witold. Une foule les entourait. Les gens nous regardaient avec effroi : nous étions noirs, sales et armés. C'est dans un silence de plomb que nous sommes sortis dans l'aveuglante lumière du mois de mai.

Andrzej Wajda voudrait faire un film sur le ghetto. Il dit qu'il utiliserait des images d'archives, et qu'Edelman devrait tout raconter face à la caméra.

Il le raconterait dans les lieux où les choses se sont passées.

Par exemple, devant l'abri du 18 de la rue Mila (aujourd'hui, tout y est recouvert de neige et les enfants dévalent un monticule sur leurs luges).

Ou devant l'entrée de l'Umschlagplatz, près du portail.

Le portail, du reste, n'existe plus. On a abattu l'ancien mur lors de la construction d'une cité. À présent, il s'y dresse de grandes tours grises juste le long des rails. Dans l'une d'elles habite mon amie Anna Stronska. Je lui explique que c'est sous les fenêtres de sa cuisine que s'arrêtaient les derniers wagons du train, car la locomotive stationnait à la hauteur des peupliers. Stronska, qui est cardiaque, blêmit :

— Écoute, dit-elle, j'ai toujours été gentille avec eux. Ils ne me feront pas de mal, n'est-ce pas ?

— Bien sûr que non, ils vont même veiller sur toi, tu verras.

— Tu le penses vraiment ? demande Stronska, un peu soulagée.

Lors de l'aménagement de la cité, l'ancien mur a donc été détruit. Mais on en a reconstruit un bout, en belle brique blanche. On y a apposé des plaques commémoratives et des chandeliers, puis suspendu des bacs à fleurs verts et semé de l'herbe devant. Tout est net, propre et neuf. À la Toussaint et à Yom Kippour, les bougies sont allumées.

Edelman pourrait aussi parler devant le monument.

Le 19 avril, pour l'anniversaire, les autocars arriveraient comme d'habitude avec les invités étrangers. Des dames en tailleurs de printemps en sortiraient, accompagnées de messieurs munis d'appareils photo. Autour du square, sur les bancs, de vieilles femmes seraient assises avec des voitures d'enfant, et elles regarderaient les autocars et les délégations prêtes à déposer les couronnes. « Dans notre cave, dirait l'une de ces femmes, il y en avait une cachée dans le charbon et il fallait lui passer de la nourriture par le soupirail. » (Il se pourrait même que celle à qui on avait ainsi passé de la nourriture se trouve parmi les dames en tailleurs printaniers arrivées en autocars.) Ensuite, on entendrait les tambours, les délégations avec les couronnes se mettraient en mouvement ; puis viendraient des personnes privées munies de petits bouquets de fleurs, ou juste avec une jonquille à la main. Après les tambours et les fleurs, un vieil homme à la barbe blanche sortirait de la foule et se mettrait à réciter le Kaddish. Debout, au pied du monument, éclairé par les flammes des bougies, il psalmodierait la prière d'une voix brisée, les lamentations pour les morts. Les six millions de morts. Un vieil homme seul, avec sa barbe blanche et son long manteau noir.

La foule se mélangerait. « Marek ! appellerait une voix féminine, comment vas-tu ? — Marysia, tu es toujours aussi jeune ! » répondrait Marek, ravi, car il s'agirait de Marysia Sawicka qui, avant la guerre, courait le huit cents mètres avec la sœur de Michal Klepfisz, et qui par la suite cacha chez elle sa camarade de compétition, ainsi que la femme et la fille de Michal…

La fille et la femme ont survécu. Michal est resté rue Bonifraterska, dans ce grenier où il s'est mis dans la ligne de mir d'une mitrailleuse pour permettre aux autres de passer. Il a une tombe symbolique au cimetière juif portant l'inscription :

Ingénieur Michal Klepfisz
17 IV 1913 — 20 IV 1943

Ça aussi pourrait être un bon endroit pour le tournage.

À proximité, il y a la tombe de Jurek Blones, de sa sœur Guta, vingt ans, de leur frère Lusiek, douze ans, de Fajgele Goldsztajn (Qui était-ce ? Edelman ne se rappelle même plus son visage), et de Zygmunt Frydrych, le père d'Ela, celui qui a dit le premier jour : « Toi, tu survivras, alors n'oublie pas… à Zamosc, dans le couvent… »

Ce n'est pas une tombe symbolique.

À leur sortie des égouts, ce groupe était allé à Zielonka où une planque les attendait, mais dix minutes plus tard les Allemands sont arrivés. On les avait enterrés sur place, au pied d'une palissade, où il fut facile de retrouver leurs corps après la guerre.

Ceux qui reposent à quelques dizaines de mètres de là, au fond de l'allée, ont été ramenés après la guerre de la région du Bug. Une fois sortis des égouts, ils étaient partis vers l'est et devaient rejoindre les partisans de l'autre côté du Bug, mais, arrivés au milieu de la rivière, on a ouvert le feu sur eux. (Ils sont sortis des égouts, rue Prosta. La plaque s'est ouverte brusquement et Krzaczek a crié d'en haut : « Sortez ! », mais il manquait huit personnes. Edelman leur avait dit d'aller vers un conduit plus large car, ayant attendu une nuit et un jour, et puis encore une nuit sous la plaque fermée, certains commençaient à étouffer et à mourir à cause du méthane et de l'eau souillée de matières fécales. Maintenant que la plaque était ouverte, Edelman a ordonné d'aller les chercher, mais personne ne voulait bouger, car ils voyaient déjà la lumière, sentaient l'air, entendaient les voix des gens qui les attendaient. Edelman a alors donné l'ordre à Szlamek Szuster d'aller à leur recherche. Szlamek est parti en courant. Krzaczek et Kazik dirigeaient l'opération d'en haut. Ils s'impatientaient, criaient qu'il fallait faire vite, qu'il y aurait encore une autre voiture... Et bien que Celina sortît son revolver en hurlant : « Attendez-les, sinon je tire », le camion a démarré. C'est Kazik qui avait organisé leur sortie par les égouts. Il avait alors dix-neuf ans. Tout ce qu'il avait fait était tout simplement extraordinaire. Sauf qu'à présent il téléphone parfois d'une ville éloignée de trois mille kilomètres pour dire à Edelman que tout était de sa faute, car il n'a pas obligé Krzaczek à attendre. Edelman lui répond qu'il a tort, que son comportement était exemplaire, que toute la responsabilité n'incombe qu'à lui, Edelman, car c'est lui qui avait conseillé aux autres de s'éloigner. Alors, Kazik dit — toujours de cette ville éloignée de trois mille kilomètres : « Laisse tomber, c'était la faute des Allemands. » Puis il ajoute : « C'est curieux mais, depuis, personne ne me pose jamais de questions sur ceux qui ont survécu. On veut savoir pour les morts. » La plaque d'accès aux égouts de la rue Prosta pourrait, bien entendu, faire également l'objet d'une prise de vue.)

Tout au bout de l'allée, à l'endroit où les tombes s'arrêtent, commence un champ plat hérissé d'herbes folles, qui s'étend jusqu'au mur du cimetière Powazki. C'est là qu'on a enseveli — sans pierres tombales — tous ceux qui étaient morts avant la liquidation du ghetto : de faim, du typhus, d'épuisement, dans la rue ou dans des logements abandonnés. Tous les matins, les employés de la compagnie « Éternité » sortaient leurs charrettes à bras pour y entasser les cadavres ramassés dans les rues. Ils traversaient la rue Okopowa, pénétraient dans le cimetière qui se trouvait du côté aryen et longeaient l'allée actuelle jusqu'au mur.

On enterra d'abord au pied du mur, puis on avança vers le fond du cimetière à mesure que les corps s'accumulaient et jusqu'à ce que tout l'espace soit occupé.

Sur les tombes de Michal Klepfisz, d'Abrasza Blum et de ceux de Zielonka s'élève une statue. Un homme au torse bombé, fusil dans une main, grenade dans l'autre, tendue vers le ciel, cartouchière au ceinturon, sacoche d'état-major en bandoulière. Aucun d'entre eux n'a jamais eu cette allure. Ils n'avaient ni fusils, ni cartouchières, ni cartes d'état-major. Ils étaient noirs et sales. Mais un monument est un monument, il est comme il convient d'être — beau et blanc.

À côté d'Abrasza Blum repose sa femme, Luba, la directrice de l'école d'infirmières dans le ghetto. Pour l'ensemble de son école, Luba Blum avait reçu cinq numéros de vie, alors qu'elle avait soixante élèves. Elle annonça donc qu'elle les donnerait à celles qui obtiendraient les meilleures notes, et leur posa la question suivante : « En quoi consistent les soins infirmiers dans les premiers jours d'un infarctus ? » Celles qui donnèrent les meilleures réponses reçurent les tickets.

Après la guerre, Luba Blum dirigea un orphelinat. Il accueillait les enfants retrouvés dans des armoires, des cloîtres, des caisses de charbon, des tombeaux. Tous ces enfants étaient d'abord rasés, puis habillés dans des vêtements de l'UNRRA. On leur apprenait à jouer du piano et à ne pas clapper la langue en mangeant. Parmi les petites filles, une était née après le viol commis sur sa mère par des Allemands et les enfants la surnommaient la « Boche » ; une deuxième avait perdu tous ses cheveux à cause de la carence en vitamines ; une troisième, qui avait passé la guerre cachée à la campagne, se faisait souvent attraper par l'éducatrice parce qu'elle racontait ce que les paysans avaient fait avec elle au grenier, or les jeunes filles bien élevées ne parlent jamais de ces choses-là en société.

Luba Blum avait toujours veillé à ce que ses petites infirmières portent des bonnets blancs amidonnés dans le ghetto ; elle avait appris ensuite à ses orphelins à répondre poliment et avec des phrases complètes à tous ces messieurs qui voulaient savoir comment étaient mort leurs parents, car ces messieurs, une fois rentrés en Amérique, allaient leur envoyer des colis avec de belles robes et du halva... Luba Blum a maintenant sa tombe dans l'allée principale du cimetière, bien entretenue. Dès qu'on s'en écarte, la végétation envahit les tombes, les débris de monuments funéraires, les pierres tombales aux inscriptions effacées : 1800... 1930... habitant de Praga... docteur en droit... Dieu ait son âme... Les traces d'un monde disparu qui semble avoir vraiment existé.

Dans une allée latérale, on peut lire l'inscription suivante : « Ingénieur Adam Czerniakow, président du ghetto de Varsovie, mort le 23 juillet 1942 », suivie d'un poème de Norwid s'achevant sur ces mots : *Qu'importe dans quelle urne tu reposes, car ta tombe sera réouverte, et tes mérites autrement reconnus...* (« La seule raison pour laquelle nous lui en voulons, c'est d'avoir fait de sa mort une affaire personnelle. »)

Un enterrement. Le cortège avance dans l'allée bien entretenue et fréquentée. Il y a du monde, beaucoup de gerbes et de couronnes, des rubans ornés d'inscriptions : cercle de retraités, comité d'entreprise... Un vieux monsieur s'adresse à chacune des personnes présentes et chuchote discrètement : « Excusez-moi, seriez-vous juif ? », puis il va plus loin : « Excusez-moi... » Il faut qu'il trouve dix Juifs pour réciter le Kaddish devant le cercueil, or il n'en trouve que sept.

« Parmi tout ce monde-là ?

— Vous voyez bien, j'ai fait le tour et j'en suis toujours à sept. »

Il me montre ses doigts repliés sur ce chiffre : sept Juifs, dans tout le cimetière. On ne peut même pas réciter le Kaddish.

Les Juifs sont sur l'Umschlagplatz, dans l'appartement de Stronska, situé sur le quai.

Barbus, en caftan, ils portent des calottes ou parfois des chapeaux bordés de renard ; il y en a même deux qui arborent la casquette de l'armée polonaise... Des foules, des foules entières de Juifs : sur les étagères, les tables, au-dessus du lit, sur les murs...

Mon amie, Anna Stronska, collectionne l'art populaire, et les artistes populaires reproduisent volontiers leurs voisins d'avant-guerre.

Stronska rapporte ses Juifs de partout, de toute la Pologne : de Przemysl, où on lui en vend les plus beaux à un prix très bas, car son père a été le maire de cette ville avant la guerre, de la région de Kielce, mais les plus précieux lui viennent de Cracovie. Là, le lundi de Pâques, devant l'église des Prémontrées, sur la place du Sauveur, a lieu chaque année une kermesse, et c'est le seul endroit où l'on puisse encore trouver des Juifs en lévite noire, portant le taleth de satin blanc et les tefillin, le tout soigneusement cousu, comme il se doit, selon les règles.

Ils forment des groupes.

Les uns, très affairés, discutent en gesticulant. À l'écart, un autre lit un journal, mais la conversation doit être très animée, car il lève les yeux et tend l'oreille. D'autres prient. Deux personnages en caftan roux rient aux éclats. Un vieux monsieur avec une canne et une mallette passe par là. N'est-ce pas un médecin ?

Ils sont tous agités, préoccupés par leurs affaires.

Ce sont des Juifs d'AVANT. D'avant le désastre.

J'emmène Edelman chez Stronska pour qu'il puisse

voir tous ces Juifs ordinaires figés dans leur quotidien. Au moment de partir, Stronska dit que sa voisine qui habite à quelques pâtés de maisons plus loin, rue Mila, lui a raconté un drôle de rêve.

Son rêve est toujours le même, depuis le jour où elle s'est installée dans l'appartement de la rue Mila. À vrai dire, elle n'est pas sûre qu'il s'agisse d'un rêve, car elle a l'impression de rester éveillée, allongée sur le lit de sa chambre, mais qui n'est pas vraiment la sienne. Dans la chambre du rêve, il y a du mobilier ancien, un grand poêle en faïence et une fenêtre condamnée. Puisqu'elle y passe toutes ses nuits, elle s'est habituée aux meubles et commence à reconnaître le moindre bibelot laissé sur un fauteuil ou sur une desserte. Elle a parfois l'impression que quelqu'un se tient derrière la porte. Cette impression est si forte qu'il lui arrive de sortir du lit pour vérifier si un cambrioleur ne s'est pas introduit dans l'appartement, mais il n'y a jamais personne.

Une nuit, elle se revoit de nouveau dans sa chambre qui n'est pas vraiment la sienne. Tout y est comme d'habitude : le poêle, les bibelots sur la desserte. Soudain, la porte s'ouvre et une jeune fille entre, une Juive.

La fille s'approche du lit.

Elle s'arrête.

Elles se regardent. Aucune ne prononce le moindre mot, mais on devine ce qu'elles pourraient se dire. La fille : « C'est donc vous qui êtes ici maintenant... » Alors Stronska commence à se justifier que la maison est neuve, qu'on lui a attribué cet appartement... La jeune fille fait un petit geste rassurant : tout va bien, c'est juste pour voir qui vit maintenant ici, une simple curiosité... Puis elle s'approche de la fenêtre, l'ouvre et saute dans la rue du quatrième étage.

Depuis cette nuit-là, le rêve ne s'est plus jamais reproduit et le sentiment d'une présence étrangère a également disparu.

C'est dans tous ces lieux-là que Wajda pourrait tourner son film. Mais Edelman déclare qu'il ne dira rien devant la caméra, car il n'a pu raconter tout ça qu'une seule fois.

Et c'est déjà fait.

— Pourquoi es-tu devenu médecin ?
— Pour continuer à faire ce que j'avais fait dans le ghetto. Là-bas, nous avions décidé pour quarante mille personnes. C'est ce qui restait en avril 1943. Nous avions décidé qu'ils n'iraient pas docilement à la mort. Médecin, je pouvais décider ne serait-ce que d'une seule vie, alors je suis devenu médecin.

C'est ce que tu aimerais entendre, n'est-ce pas ? Ça sonnerait tellement bien. Mais les choses ne se sont pas passées ainsi. La guerre était finie. Tout le monde fêtait la victoire. Or, pour moi, c'était une guerre perdue. J'avais sans cesse le sentiment que je devais continuer ma tâche, qu'il fallait encore sauver quelqu'un, faire quelque chose, aller quelque part. J'allais donc d'une ville à l'autre, d'un pays à l'autre, mais personne ne m'attendait nulle part, personne n'avait besoin de mon aide, et je n'avais plus rien à faire. Alors je suis rentré (les gens me disaient : « Tu veux vraiment regarder ces murs, ces pavés, ces rues désertes ? », mais je savais que mon devoir était d'être là et de les regarder). Je suis rentré, je me suis mis au lit et j'y suis resté. J'ai dormi. J'ai dormi des jours et des semaines. De temps à autre, on me réveillait pour me dire que je ne pouvais pas continuer comme ça, que je devais faire quelque chose. J'ai pensé faire de l'économie, je ne me souviens plus pourquoi, mais finalement Ala m'a inscrit en médecine. Et je suis parti étudier la médecine.

À l'époque, Ala était déjà ma femme. Je l'avais connue quand elle était venue nous évacuer d'un bunker du quartier de Zoliborz avec une patrouille montée par le docteur Swital de l'Armée de l'Intérieur. Nous étions restés là, rue Promyka, après l'insurrection de Varsovie. Il y avait entre autres Antek, Celina, Tosia Goliborska et moi-même. En novembre, cette patrouille est venue nous chercher. (La rue Promyka étant située près de la Vistule, la ligne du front passait à cet endroit et tout était miné. Alors Ala a ôté ses souliers pour traverser le champ de mines, persuadée que si elle avançait les pieds nus, les mines n'exploseraient pas.)

Ala m'a inscrit en médecine. J'ai commencé à suivre les cours, mais ça ne m'intéressait pas du tout et, dès que je rentrais, je me mettais au lit. Tous les autres travaillaient assidûment. Comme je restais couché le visage tourné vers le mur, ils se sont mis à y faire des dessins pour que je retienne au moins quelque chose. Ils dessinaient un estomac ou un cœur, très soigneusement du reste, avec les ventricules, les oreillettes, l'aorte, etc.

Cela a bien duré deux ans, durant lesquels on me plantait de temps en temps à quelque tribune…

— Alors tu avais déjà un statut de héros ?

— Quelque chose dans le genre. On me disait : « Racontez-nous, dites-nous comment c'était. » Mais j'étais plutôt laconique et, à la tribune, je faisais mauvaise figure.

Sais-tu ce dont je me souviens le mieux de cette époque ?

De la mort de Mikolaï. Il avait été notre représentant au *Zegota*, le Conseil d'assistance aux Juifs.

Mikolaï est tombé malade et il est mort.

Il est mort, tu comprends ? Normalement, à l'hôpital, dans un lit. Il était le premier parmi toutes mes connaissances à mourir d'une mort naturelle. Sans avoir été tué. J'étais allé le voir la veille à l'hôpital, et il m'avait dit : « Écoutez, Marek, si jamais il m'arrivait quelque chose, sachez que le cahier est là, sous l'oreiller. Les comptes sont ronds à un sou près. Peut-être qu'on vous le demandera un jour, aussi n'oubliez pas que le solde est juste, et même qu'il en reste. »

Sais-tu ce que c'était ?

C'était un gros cahier avec une couverture noire où, durant toute la guerre, il avait inscrit nos dépenses en dollars. Ces dollars qu'on nous avait parachutés pour acheter des armes. Il en restait encore quelques dizaines glissés dans le cahier.

— As-tu rendu cet argent et le cahier aux dirigeants syndicaux américains qui t'avaient accueilli avec tant d'émotion ?

— Mais je ne l'avais même pas sorti de l'hôpital. J'ai raconté ça à Antek et à Celina et je me rappelle que nous en avons beaucoup ri, du cahier et de

Mikolaï, mort de façon si étrange, dans des draps propres, dans son lit. On se tordait de rire, littéralement, jusqu'à ce que Celina nous rappelle que ce n'était pas très convenable.

— Est-ce qu'ils ont arrêté de dessiner des cœurs sur le mur ?

— Oui.

Un jour, je me suis retrouvé dans un cours, où je n'étais sans doute venu que pour faire acte de présence, et j'ai entendu le professeur dire : « Quand un médecin sait observer l'œil d'un malade, sa peau et sa langue, il sait de quoi le malade souffre. » Cela m'a plu. Je me suis dit que la maladie était une sorte de casse-tête qu'il fallait reconstituer pour savoir exactement ce qui se trouvait à l'intérieur du corps humain.

À partir de là, je me suis intéressé à la médecine. Ce qui nous conduit à l'idée par laquelle tu voulais commencer et que je n'ai comprise que bien plus tard : en tant que médecin je peux être responsable de vies humaines.

— Mais pourquoi veux-tu en être responsable ?

— Sans doute que tout le reste me paraît moins important.

— Peut-être est-ce parce que tu n'avais que vingt ans à l'époque ? Quand on vit à l'âge de vingt ans les moments les plus importants de sa vie, il est difficile par la suite de trouver une occupation qui ne paraisse pas dépourvue de sens...

— Dans la clinique où j'ai travaillé ensuite, il y avait un grand palmier. Parfois, je m'arrêtais dessous et je voyais les salles avec les malades. C'était il y a longtemps. Nous n'avions ni les médicaments, ni les appareils, ni les techniques d'aujourd'hui, et la plupart des malades étaient condamnés. Ma tâche consistait à en sauver le plus possible. Un jour, sous le palmier, je me suis rendu compte que c'était la même tâche que sur l'Umschlagplatz. Là-bas aussi, je me tenais sous le porche et je sortais des individus d'une foule de condamnés.

— Ainsi, tu restes au portail toute ta vie durant...

— C'est ça. Et lorsque je ne peux plus rien faire, il me reste une seule chose : assurer aux malades une mort confortable. Qu'ils ne sachent pas, ne souffrent pas, n'aient pas peur. Qu'ils gardent leur dignité.

Il faut leur offrir une façon de mourir qui leur évite de devenir des épaves, comme CEUX du troisième étage près de l'Umschlagplatz.

— On m'a dit que dans un cas banal et sans danger tu ne soignais que par devoir, et que tu ne te donnes vraiment que lorsque le jeu s'anime. Quand commence la course contre la mort.

— Mais c'est justement mon rôle.

Le bon Dieu est prêt à souffler la chandelle ; moi, je dois vite protéger la flamme, en profitant d'un de Ses moments d'inattention. Qu'elle brûle un peu plus longtemps qu'Il ne le souhaite.

C'est important, car Il n'est pas vraiment juste. En plus, c'est excitant, car si ça marche, on Lui a brûlé la politesse...

— La course contre le bon Dieu ? Quel orgueil !

— Vois-tu, quand on a accompagné tant de gens dans les wagons, il est normal d'avoir quelques comptes à régler avec Lui. Ils sont tous passés devant moi. J'étais devant le portail du premier au dernier jour. Tous, les quatre cent mille personnes, ont défilé devant moi.

Bien entendu, toute vie s'achève, et c'est toujours pareil. Mais il s'agit de différer le verdict, de huit, dix ou quinze ans. Ce n'est pas négligeable. Quand la fille de Mme Tenenbaum a survécu trois mois, grâce au ticket, je pensais que c'était beaucoup. Durant ces trois mois, elle a eu le temps de connaître l'amour. Quant aux petites filles que nous avons guéries ici de sténoses ou d'affections de l'aorte, elles ont eu le temps de grandir, d'aimer, d'avoir des enfants, c'est-à-dire qu'elles ont réussi bien plus que la fille de Mme Tenenbaum.

J'ai eu chez moi une fillette de neuf ans, Ursula, qui crachait un sang rouge et mousseux et suffoquait à cause d'un rétrécissement de la valvule mitrale. À cette époque, nous n'opérions pas les enfants. Les interventions cardiaques n'étaient qu'à leur début en Pologne. Mais la petite agonisait. J'ai téléphoné au Professeur, lui disant qu'elle allait s'étouffer d'une minute à l'autre. Il est arrivé en avion deux heures plus tard, et l'a opérée le jour même. Elle s'est rétablie rapidement, puis a quitté l'hôpital et terminé ses études... De temps à autre, elle vient nous voir, parfois avec un mari, parfois divorcée ; toujours aussi belle, grande, brune. Petite, elle louchait légèrement, mais nous lui avons trouvé un très bon ophtalmologiste qui lui a arrangé ça aussi.

Ensuite, nous avons eu Teresa, atteinte d'une malformation cardiaque, enflée comme un tonneau, mourante. Dès que son œdème a disparu, elle nous a dit : « Laissez-moi rentrer à la maison. » Pourtant, durant son séjour à l'hôpital, jamais personne n'était venu lui rendre visite. Je suis allé voir où elle habitait. C'était une pièce en arrière-boutique, au sol de béton. Elle y vivait avec sa mère malade et ses deux petites sœurs. S'obstinant à dire qu'elle devait s'occuper des petites — elle n'avait elle-même que dix ans —, elle est partie. Plus tard, elle a eu un enfant. Après l'accouchement, il a fallu la débarrasser d'un œdème pulmonaire, mais dès qu'elle a pu respirer, elle nous a dit qu'elle devait partir pour s'occuper de son bébé. Elle vient nous voir de temps en temps et dit qu'elle a tout ce qu'elle désirait : une maison, un enfant, un mari, mais le plus important, dit-elle, c'est d'avoir quitté cette arrière-boutique.

Après, nous avons soigné Grazyna, envoyée par un orphelinat. Son père, alcoolique, était mort en hôpital psychiatrique, et sa mère avait été emportée par la tuberculose. Je lui avais dit qu'elle ne devrait pas avoir d'enfant, mais elle a quand même accouché, puis est revenue chez nous avec une insuffisance circulatoire. Elle est de plus en plus faible, ne peut plus travailler, et n'arrive même plus à soulever son bébé, mais elle le promène dans son landau, fière d'avoir un enfant comme n'importe quelle femme. Son mari l'adore et refuse l'opération. Nous n'avons pas le courage d'insister et Grazyna s'éteint tout doucement.

Peut-être que je te le raconte mal, mais je ne me rappelle plus les détails. C'est étrange. Quand elles sont là, qu'elles vont très mal, et qu'il faut à tout prix les aider, elles deviennent ce que tu as de plus cher au monde, et tu sais tout sur chacune d'elles. Tu sais que le sol est en béton, que le père boit, que la mère est malade mentale ; tu sais qu'elle a des difficultés en mathématiques, que son mari n'est pas l'homme qu'il lui faudrait, que c'est la période d'examens à la fac et qu'il va falloir l'y envoyer en taxi, avec une infirmière et des médicaments. Tu en sais tout autant sur son cœur : les valvules trop resserrées ou trop distendues (si elles sont trop resserrées, c'est l'ischémie ; si elles sont trop distendues, le sang stagne et n'irrigue pas la périphérie). Tu la regardes. Si elle est jolie, délicate, avec un teint rose, c'est que le sang reste à la périphérie et produit une distension des vaisseaux sous-cutanés ; si elle est blême, avec l'artère qui bat sur le cou, c'est que son aorte a un orifice trop large... Tu sais tout sur elle, pendant ces jours de danger mortel, et elle te devient l'être le plus proche. Puis elle guérit, rentre chez elle, tu finis par oublier son visage... On en amène une autre, et c'est celle-là qui devient la plus importante.

Voilà quelques jours, on a amené une petite vieille de soixante-dix ans souffrant d'une insuffisance cardiaque. Le Professeur l'a opérée, c'était une intervention très risquée, en état d'insuffisance circulatoire aiguë. En s'endormant, elle priait : « Mon Dieu, disait-elle, bénissez les mains du Professeur et les pensées des docteurs de Pirogów. » (Les docteurs de Pirogów, c'est nous, Aga Zuchowska et moi.)

Eh bien, dis-moi, à qui, sinon à ma petite vieille, viendrait l'idée de prier pour mes pensées ?

N'est-il pas grand temps de mettre un peu d'ordre dans ce récit ? Les lecteurs attendent de nous des chiffres, des dates, des données sur les forces en présence et sur leur équipement. Les gens tiennent beaucoup aux faits historiques et à la chronologie.

Par exemple : il y a 220 insurgés et 2 090 Allemands.

Les Allemands disposent d'aviation, d'artillerie, de blindés, de lance-grenades, de 82 mitrailleuses, de 135 pistolets mitrailleurs, de 1 358 fusils ; du côté des insurgés (selon le rapport du commandant en second de l'insurrection), il y a 1 revolver, 5 grenades et 5 bouteilles incendiaires par tête. Chaque secteur dispose de 3 fusils. L'ensemble du ghetto de 2 mines et d'1 pistolet automatique.

Les Allemands arrivent le 19 avril à quatre heures du matin. Premiers combats : place Muranowski, rue Zamenhof, rue Gesia. À deux heures de l'après-midi, les Allemands se retirent. Aucun habitant n'est conduit à l'Umschlagplatz. (« Nous pensions alors que c'était très important qu'ils n'aient embarqué personne ce jour-là. Nous prenions ça pour une victoire. »)

Le 20 avril : jusque dans l'après-midi, les Allemands sont absents (durant vingt-quatre heures, il n'y a pas eu un seul Allemand dans le ghetto !). Ils reviennent à quatorze heures. Ils se dirigent vers la fabrique de brosses. Ils essaient d'ouvrir le portail. Une mine explose. Ils se retirent. (C'est l'une des deux mines posées dans le ghetto ; l'autre, rue Nowolipie, n'a pas explosé.) Ils prennent le grenier. Michal Klepfisz se place dans le champ de tir d'une mitrailleuse allemande ; les insurgés parviennent à s'échapper. Par la suite, Radio-Swit annonce que Michal est tombé au champ d'honneur et donne lecture de l'ordre de sa citation à la Croix de guerre de V^e classe, signée par le général Sikorski.

Ensuite vient la scène des trois officiers SS. Munis de cocardes blanches, l'arme baissée, ils proposent un cessez-le-feu et l'évacuation des blessés. Les insurgés tirent sur les officiers, mais n'en atteignent aucun.

Dans le livre de l'écrivain américain John Hersey, *La muraille*, cette scène est décrite de façon très précise.

Felix, un des héros fictifs, en parle avec embarras. « C'est que survit en lui, commente l'auteur, la nostalgie des lois de la guerre et du *fair-play* au moment d'une lutte à mort si typique des traditions ouest-européennes... »

C'est Zygmunt qui avait tiré sur les SS. Ils n'avaient qu'un seul fusil et Zygmunt était leur meilleur tireur, car il avait fait son service militaire avant la guerre. Voyant s'approcher les officiers à cocarde blanche, Edelman a crié : « Tire », et Zygmunt a tiré.

Edelman est le seul survivant de cet affrontement, en tout cas le seul du côté des insurgés. Je lui demande s'il n'a ressenti aucune gêne à violer les règles du *fair-play* militaire si typiques des traditions ouest-européennes.

« Aucune, dit-il, car ces trois Allemands étaient exactement les mêmes que ceux qui avaient envoyé quatre cent mille personnes à Treblinka, à cette différence près qu'ils s'étaient accroché une cocarde blanche... »

(Stroop parle dans son rapport de ces parlementaires et des « bandits » qui avaient ouvert le feu sur eux.

Peu après la guerre, Edelman a vu Stroop.

Le procureur général et la commission d'enquête sur les crimes nazis avaient demandé une confrontation avec Stroop pour établir certains faits : où se trouvait le mur, où était le portail... Des détails topographiques.

Le procureur, le représentant de la commission et lui-même siégeaient à une table quand on a introduit dans la salle un homme grand, rasé de près, avec des chaussures bien cirées.

« L'homme s'est mis au garde-à-vous, je me suis levé, dit Edelman. Le procureur a annoncé à Stroop qui j'étais. Il s'est raidi, a claqué les talons, et il a tourné la tête vers moi. C'est ce qu'on appelle dans l'armée "rendre les honneurs militaires", ou quelque chose dans le genre. On m'a demandé si je l'avais vu tuer les gens. J'ai répondu que je n'avais jamais vu cet homme. On m'a alors demandé si le portail se trouvait bien à tel endroit tandis que les tanks arrivaient de telle direction, ainsi que l'affirmait Stroop, ce qui ne cadrait pas avec le reste. J'ai répondu : "Oui, il est possible que le portail se trouvât à cet endroit et que les tanks soient arrivés par là." Tout ça m'était pénible. Cet homme au garde-à-vous devant moi, sans ceinturon, était déjà condamné à mort. Quelle importance avait l'emplacement d'un mur et du portail ? Je n'avais qu'un désir : quitter la salle au plus vite. »)

Les parlementaires s'en vont — Zygmunt, malheureusement, les avait ratés — le soir, tout le monde descend dans les caves.

Dans la nuit arrive un gars criant que ça flambe. La panique éclate...

Pardon. Dire « arrive un gars criant que ça flambe... », ça ne fait pas sérieux dans un rapport historique. Pas plus que la panique que ce cri déclenche dans la cave, où des milliers de gens bondissent en sursaut, soulevant un nuage de poussière qui souffle les chandelles, et la gifle qu'il faut assener à ce gars pour le rappeler à l'ordre. C'est beaucoup trop détaillé pour un rapport historique... Au bout d'un moment, les gens se calment : ils voient que quelqu'un commande. (« Les gens ont toujours besoin de penser qu'il y a quelqu'un pour commander. »)

Les Allemands se mettent à incendier le ghetto. Le secteur de la fabrique de brosses est en feu. Il faut percer ce mur de flammes pour rejoindre le ghetto central.

Quand une maison prend feu, ce sont d'abord les planchers qui s'embrasent, puis s'effondrent les poutres incandescentes. Mais entre une chute de poutre et la suivante, il se passe quelques minutes et c'est là qu'il faut s'élancer. La fournaise est telle que les débris de verre et de goudron fondent sous les semelles. Ils courent à travers les flammes en essayant d'éviter les poutres qui s'abattent sur eux. Le mur. Une brèche dans le mur sous un projecteur. « Nous n'irons pas plus loin », « Alors, restez là... » Coup de feu dans le projecteur. Ils foncent. Une cour. Six copains, coups de feu, ils foncent... Cinq copains. Une tombe. Stasiek, Adam, *L'Internationale*...

Encore un détail : ce même jour où ils ont creusé la tombe et entonné tout doucement le premier couplet de *L'Internationale*, ils ont dû atteindre l'immeuble voisin par les caves. Quatre sont descendus creuser un tunnel, mais les Allemands ont jeté des grenades dans l'une des caves. Très vite, l'oxyde de carbone a commencé à se répandre, et Edelman a donné l'ordre de boucher immédiatement l'entrée. Un garçon était pris dedans, mais comme tout le monde étouffait, ils ne pouvaient plus l'attendre.

Voilà maintenant une chronologie précise. Nous savons que le premier tué fut Michal Klepfisz, puis ce furent les six, puis les cinq, puis Stasiek, puis Adam, puis ce garçon qu'il a fallu enterrer vivant. Puis ce furent quelques centaines de réfugiés d'un abri, mais plus tard déjà, quand le ghetto tout entier brûlait et que tout le monde s'était tapi dans les caves. Il y faisait terriblement chaud et une femme a laissé sortir un instant son enfant à l'air libre. Des Allemands lui ont donné un bonbon et lui ont demandé : « Mais où est ta maman ? » L'enfant les a conduits jusqu'à l'abri. Les Allemands l'ont fait sauter, avec dedans quelques centaines de personnes. « Plus tard, nous nous sommes dit qu'il aurait fallu abattre ce gosse dès qu'il est sorti. Mais cela n'aurait servi à rien, car les Allemands avaient des détecteurs de voix qui leur permettaient de localiser les survivants dans les caves. »

Voilà pour la chronologie.

L'ordre historique n'est qu'un ordre des morts.

L'histoire se fait à l'extérieur des murs. Là où sont rédigés les rapports, diffusés les communiqués radiophoniques, lancés au monde les appels à l'aide. Aujourd'hui, tout spécialiste connaît les textes des dépêches et les notes des gouvernements. Mais qui connaît le sort de ce garçon qu'il a fallu enterrer vivant parce que la fumée envahissait la cave ? Qui a entendu parler de ce garçon ?

Les rapports sur le ghetto étaient rédigés du côté aryen par « Waclaw ». Par exemple le communiqué n° 3 Wac. A/9, 21 avril : *L'Organisation juive de combat, dirigeant la lutte dans le ghetto de Varsovie, a rejeté l'ultimatum allemand exigeant le dépôt des armes le mardi avant dix heures... Les Allemands ont déployé de l'artillerie de campagne, des tanks et des unités blindées. Le siège du ghetto et la lutte des combattants juifs constituent l'unique sujet de conversation de plus d'un million d'habitants de la capitale...*

Avant cela, « Waclaw » avait transmis des informations sur la liquidation du ghetto et c'est par lui que le monde avait appris l'existence de l'Umschlagplatz, des transports, des chambres à gaz, de Treblinka. « Waclaw » — de son vrai nom Henryk Wolinski — est cité dans tous les livres, dans toutes les publications sur le ghetto. Il dirigeait la section des affaires juives dans l'état-major de l'Armée de l'Intérieur. Il assurait la liaison entre l'Organisation juive de combat et son propre état-major. Il avait notamment transmis au commandant de l'AK[1] l'acte de fondation de l'Organisation juive de combat, et à Jurek Wilner l'ordre du général Grot-Rowecki subordonnant l'Organisation juive à l'Armée de l'Intérieur. Il avait également mis les Juifs en rapport avec le général Monter et des officiers qui, par la suite, leur fournirent des armes et leur apprirent à les manier. Leur instructeur était le plus souvent Zbigniew Lewandowski, pseudonyme le Rail, adjoint du commandant du Kedyw[2] de Varsovie

---

1. L'AK, l'abréviation polonaise de l'Armée de l'Intérieur.
2. Kedyw était la section de l'état-major de l'AK chargée du sabotage et de l'exécution des verdicts des tribunaux militaires.

et chef du bureau du génie de l'AK. Il raconte qu'à ses cours venaient seulement deux résistants du ghetto, une femme et un homme. Au début, il en était désolé, puis il découvrit que l'homme était chimiste, comprenait très vite et transmettait ce qu'il venait d'apprendre à ses copains dans le ghetto. En plus des cours, on leur fournit du chlorate de potassium. Ils y ajoutèrent eux-mêmes de l'acide sulfurique, de l'essence, du papier, du sucre et de la colle, et fabriquaient ainsi des bouteilles incendiaires. « Des cocktails Molotov ? » demandé-je, mais le docteur Lewandowski se fâche : « Rien à voir ! Nos bouteilles étaient tout ce qu'il y avait de plus raffiné, de plus doux. Elles étaient entièrement enduites de chlorate et recouvertes de papier, ce qui fait que n'importe quel point de la surface était détonant. Une arme raffinée, élégante. La dernière trouvaille de notre bureau du Génie. En général, poursuit le Rail, tout ce qu'on donnait à l'Organisation juive de combat, que ce soient les bouteilles, les hommes ou les armes, était ce qu'on pouvait trouver de meilleur. »

Aujourd'hui encore, le docteur Lewandowski ignore le nom de l'homme qui venait au 62, rue Marszalkowska (rez-de-chaussée, dans la cour à gauche). « Un grand garçon mince, aux cheveux châtains, dit-il, pas un de ces fiers-à-bras, mais doux et silencieux. Dans les actions dangereuses, ajoute-t-il, ce n'étaient pas les "pistoleros" qui étaient les meilleurs, mais les humbles.

— L'homme que vous avez formé s'appelait Michal Klepfisz », dis-je au docteur Lewandowski.

Avec Stanislas Herbst, « Waclaw » avait décrit le

déroulement de la première grande rafle organisée dans le ghetto, et ce rapport microfilmé fut transporté par un courrier *via* Paris et Lisbonne (à la veille de Noël 1942, le général Sikorski confirma sa réception). Jurek Wilner, représentant l'Organisation juive de combat côté aryen, rapportait chaque jour les nouvelles du ghetto, grâce à quoi les informations parvenaient au jour le jour à Londres. Par exemple :

« ... Climat de panique folle : la rafle commence à 6 heures et demie ; chacun s'attend à être pris n'importe où et n'importe quand...

« ... La dernière phase de la liquidation a commencé dimanche. Ce jour-là, tous les Juifs étaient requis de se présenter à dix heures devant le siège du Conseil. On a procédé à la distribution des tickets de survie que chacun devra porter sur la poitrine. Ce sont de petits cartons jaunes avec un numéro écrit à la main, munis du sceau du Conseil et d'une signature. Les tickets sont anonymes...

« ... La semaine dernière, à l'Umschlagplatz, on payait 1 000 (mille) zlotys pour un kilo de pain, et 3 zlotys pour une cigarette...

« ... Seweryn Majda a lancé un lourd cendrier à la figure des gendarmes lorsque ceux-ci sont venus le chercher. Il a évidemment été fusillé. C'est le seul cas connu d'autodéfense...

« ... Les voyageurs qui passent par Treblinka déclarent qu'aucun train ne s'y arrête plus. »

Il en était ainsi quotidiennement : Wilner rapportait du ghetto des informations, « Waclaw » rédigeait les rapports. Les radiotélégraphistes les transmettaient à Londres. Et Radio-Londres, contrairement à son habitude, n'en donnait aucune nouvelle dans ses émissions. Sur l'ordre de leurs chefs, les radiotélégraphistes en demandèrent la raison, mais la BBC continua de se taire. Ce ne fut qu'au bout d'un mois qu'elle donna la première information sur les dix mille personnes passant chaque jour sur l'Umschlagplatz. Car Londres — comme ce fut établi plus tard — n'avait pas cru aux rapports de « Waclaw ». « Nous pensions que vous exagériez un peu votre propagande anti-allemande… », expliquèrent-ils quand tout fut confirmé par leurs propres sources… En plus des informations, Jurek Wilner rapportait du ghetto des messages à transmettre, par exemple celui qui fut adressé au Congrès juif des États-Unis, et qui se terminait par ces mots : « Frères ! Ce qui reste des Juifs en Pologne vit dans la conviction que vous ne les avez pas aidés en ces jours les plus terribles de notre histoire. Élevez la voix ! C'est notre dernier appel. »

En avril 1943, « Waclaw » transmet à Antek, membre du commandement de l'Organisation juive de combat, l'ordre du jour du général Monter, « saluant l'action armée des Juifs de Varsovie », et il lui annonce que l'AK essaiera de forcer le mur du ghetto du côté de la rue Bronifraterska et du cimetière Powazki.

« Waclaw » ignore encore aujourd'hui si cette information est parvenue dans le ghetto, mais c'est fort probable puisque Anielewicz parle de cette attaque espérée. Les insurgés ont même envoyé un gars vers l'endroit de l'attaque prévue, mais il n'a pas pu y arriver (ils l'ont brûlé rue Mila ; toute la journée, on l'a entendu hurler). Par ailleurs, le jour où Anielewicz aurait reçu l'information fut aussi le seul moment où il retrouva espoir, même si les autres lui disaient que c'était perdu d'avance et que personne ne pourrait percer.

Le garçon brûlé vif hurlait rue Mila, tandis que de l'autre côté du mur gisaient les deux gars qui auraient dû poser cinquante kilos d'explosif dans le mur du ghetto. Zbigniew Mlynarski — pseudonyme la Taupe — dit que cet échec fut fatal. Dès le début, les deux hommes avaient été tués et il n'y avait personne pour atteindre le mur avec les explosifs.

« La rue était déserte. Les Allemands tiraient de partout. Du toit de l'hôpital crachait une mitrailleuse retournée contre nous après avoir arrosé le ghetto. Dans notre dos, place Krasinski, il y avait une compagnie SS. Alors, Pszenny a commandé l'explosion d'une charge qui devait faire sauter le mur. Elle a explosé au milieu de la rue, déchiquetant les corps de nos deux copains, et nous avons dû nous replier.

« Aujourd'hui, poursuit M. Mlynarski, je sais ce qu'il aurait fallu faire. Il fallait pénétrer dans le ghetto, commander la mise à feu de l'intérieur et laisser nos autres copains attendre à l'extérieur pour faire sortir les insurgés.

« Mais — tout compte fait — combien en seraient sortis ? Une quinzaine tout au plus. On ne sait même pas s'ils auraient accepté de sortir ?

« Pour eux, ajoute M. Mlynarski, tout cela était une affaire de prestige. Ils ont mis du temps, et ça a été douloureux, mais finalement ils l'ont fait. Et c'est bien, car au moins ils ont sauvé l'honneur des Juifs. »

C'est exactement ce que dit aussi Henryk Grabowski, chez qui Jurek Wilner planquait des armes et qui plus tard l'arracha à la Gestapo :

« Ces gens ne voulaient pas vivre. Il faut leur reconnaître qu'ils ont eu le bon sens de vouloir mourir au combat. Tant qu'à mourir, autant mourir les armes à la main que de façon méprisable. »

Grabowski a compris ça tout seul (qu'il valait mieux mourir au combat), le jour où on l'a arrêté en sortant du ghetto, avec un paquet de lettres de Mordka[1] sur lui. « Pardon, se corrige-t-il, de Mordechaï, on ne doit pas manquer de respect ni au grade ni à la fonction. » Quand on l'a mis contre le mur, le canon du fusil sous le nez, à peu près à la hauteur de ce vase de cristal sur le buffet, il s'est dit : « Si je pouvais le mordre ce Boche, si je pouvais lui arracher les yeux... » (Fort heureusement, il y avait là un policier polonais, Wislocki, à qui il a soufflé : « Très bien, monsieur Wislocki, à votre aise, mais sachez que je ne suis pas seul, alors si vous ne voulez pas avoir de désagréments... » Wislocki a tout de suite compris et ils l'ont relâché.)

Grabowski connaissait Mordka depuis des années, depuis avant la guerre. « C'était un gars bien de chez nous, un gars d'en bas, de Powisle. On était de la même bande pour faire les quatre cents coups, pour chaparder et se frotter les oreilles avec les lascars de Wola ou de Gorny Mokotow. »

La même misère régnait chez la mère Anielewicz et chez la mère Grabowska. L'une vendait du poisson, l'autre du pain, et si elle arrivait à vendre dans sa journée une dizaine de pains, quarante petits pains et quelques légumes, c'était le bout du monde.

---

1. Mordka, diminutif de Mordechaï, mais en polonais le mot signifie aussi « petite gueule ».

À l'époque de Powisle, il était déjà visible que Mordka savait se battre. Aussi M. Grabowski n'a-t-il nullement été surpris de retrouver Mordechaï dans le ghetto. Bien au contraire, ça lui avait paru tout naturel. Qui d'autre pouvait être le commandant, sinon un des leurs, un gars de Powisle ? (Cette fois-là, Mordechaï lui avait dit ce qu'il devait transmettre aux gars de Wilno : rassembler de l'argent, des armes, et des jeunes gens résolus et en parfaite santé.)

Grabowski avait été scout avant-guerre, et les cinquante copains de sa troupe de routiers avaient tous été fusillés à Palmiry. Lui seul avait survécu. Ses chefs scouts le chargèrent d'aller à Wilno préparer les Juifs à se battre.

Là, à Kolonia Wilenska, Grabowski fit la connaissance de Jurek Wilner. Ça s'est passé dans un couvent de dominicaines dans lequel la mère supérieure cachait quelques Juifs. (« Rappelez-vous que le Christ a dit qu'il n'y a pas d'amour plus grand envers Dieu que le don de sa vie pour la vie de ses amis », avait dit la mère supérieure aux religieuses. Et elles l'avaient compris…)

Jurek Wilner était le préféré de la mère supérieure. Blond aux yeux bleus, il lui rappelait son frère, en captivité. Ils bavardaient souvent. Elle lui parlait de Dieu. Il lui parlait de Marx. Quand il est parti pour le ghetto de Varsovie, d'où il ne devait plus revenir, il lui a laissé ce qu'il avait de plus précieux : son cahier de poèmes. Il y écrivait tout ce qu'il aimait le plus ou qui lui paraissait le plus important. Ce cahier recouvert d'une toile cirée marron, avec des pages jaunies, couvertes de l'écriture de Jurek (c'est elle qui lui avait trouvé ce prénom), la mère supérieure l'a conservé jusqu'à aujourd'hui. « Il a beaucoup vécu, ce petit livre, la visite de la Gestapo, le camp, la prison. Avant de mourir, j'aimerais le remettre entre de bonnes mains. »

Extrait du cahier de Jurek Wilner :

Ne regarde pas — ne regarde pas — là devant, devant toi
(Botté — botté — botté — botté — levé, baissé, levé, baissé)
Des gens — des gens — des gens — des gens — hantés par ce spectacle
À la guerre, il n'y a pas de répit
Essaye — pense — pense — pense — à une chose passée, à autre chose
Seigneur — Seigneur — Seigneur — épargne-nous la folie !
(Botté — botté — botté — botté — levé, baissé, levé, baissé)
À la guerre pas de répit
Nous — pouvons — supporter — faim — froid, soif et fatigue
Mais pas ce spectacle perpétuel — non — non — non — non !
(Botté — botté — botté — botté — levé, baissé, levé, baissé)
À la guerre, il n'y a pas de répit

M. Grabowski a connu Jurek à Kolonia Wilenska. Quand ce dernier est arrivé à Varsovie, il est venu habiter chez Grabowski, rue Podchorazych. Tous les Juifs de Wilno qui passaient par Varsovie s'arrêtaient d'abord chez M. Grabowski. Il les emmenait aussitôt au marché pour leur acheter des habits convenables. « À l'époque, c'était la mode des passe-montagnes avec petite visière, mais ça ne leur allait pas, ça faisait ressortir leur nez. » Je disais : « D'accord pour un bonnet de cycliste, d'accord pour un chapeau, mais le passe-montagne, pas question. » Il corrigeait aussi leur façon d'être, et même leur démarche, pour que leur allure « n'ait pas l'accent juif ».

Il avait alors remarqué ce trait intéressant : plus on avait la trouille et plus on devenait laid, car ça déformait la physionomie. En revanche, ceux qui n'avaient peur de rien, comme Wilner ou Anielewicz, étaient vraiment beaux garçons, et leur visage avait une autre expression.

Jurek, représentant de l'Organisation juive de combat du côté aryen (ce que Grabowski n'apprit qu'après-guerre ; en ces temps-là, si par hasard on était cuisiné, moins on en savait, moins on en disait), Jurek était en contact permanent avec « Waclaw » et les officiers de l'AK. Quand il ne pouvait pas prendre sur lui tous les colis destinés au ghetto, il en laissait une partie chez Grabowski ou chez les carmélites déchaussées, rue Wolska : des revolvers, des poignards, ou du TNT. Les carmélites n'avaient pas une règle aussi sévère qu'aujourd'hui. Elles pouvaient montrer leur visage, et Jurek, quand il était épuisé par les fardeaux, se reposait chez elles, dormant sur un lit de camp installé dans le parloir derrière un paravent. Je suis assise aujourd'hui dans ce même parloir, près d'une grille noire derrière laquelle la mère supérieure se tient dans l'ombre de sa niche. Nous évoquons ces transports d'armes vers le ghetto qui pendant un an ont transité par le couvent. N'en étaient-elles pas embarrassées ? La mère supérieure ne comprend pas...

— Enfin, des armes, en ce lieu ? !

— Parce que vous avez dans l'idée que les armes servent à tuer les gens ? me demande la mère supérieure.

Non, elle n'y avait pas pensé. Elle se disait seulement qu'il serait bien qu'après avoir fait usage de ses armes, Jurek ait le temps, sa dernière heure arrivée, de se repentir et de se réconcilier avec Dieu. Elle lui avait demandé d'en faire la promesse, et elle m'interroge pour savoir ce que j'en pense. S'est-il souvenu de ce serment lorsqu'il s'est tiré dessus dans l'abri, au 18, rue Mila ?

Pendant que Jurek et ses amis se servaient de leurs armes, le ciel rougeoyait sur cette partie de la ville et la lueur éclairait même l'entrée du couvent. C'est pour cette raison que les carmélites s'y réunissaient tous les soirs, au lieu d'aller dans la chapelle, et y récitaient des psaumes (*On nous assassine chaque jour en Ton nom, on nous prend pour des brebis destinées au couteau du boucher. Réveille-Toi, pourquoi dors-Tu, Seigneur ?*), et la mère supérieure priait Dieu pour que Jurek Wilner accueille sans crainte sa mort.

Ainsi Jurek assemblait des armes, et M. Grabowski se mettait en quatre pour l'aider à en trouver. Un jour, il avait fait l'acquisition de plusieurs quintaux de salpêtre et de charbon de bois destinés à la fabrication d'explosifs (marché conclu avec Stefan Oskroba, le droguiste de la place Narutowicz). Une autre fois, il acheta deux cents grammes de cyanure de potassium que les Juifs désiraient avoir sur eux en cas d'arrestation. Le cyanure avait la forme de petits cubes bleu grisâtre. M. Henryk l'essaya sur un chat. Il gratta un cube, de quoi saupoudrer une saucisse. Le chat creva immédiatement. Aussi M. Henryk était-il tranquille en remettant les cubes à Wilner. Propriétaire d'un étal où il vendait du lard et de la viande, M. Henryk tenait à sa réputation de commerçant. Il n'aurait jamais vendu de la mauvaise qualité à un ami.

Henryk le « Lardonnier » — tel était le nom de guerre de M. Grabowski — et Jurek Wilner étaient devenus copains comme cul et chemise. Avant de s'endormir sur la même paillasse (l'épouse de Grabowski et la petite dormaient dans le lit, sous lequel étaient posés les colis de poignards et de grenades), ils causaient de tout et de rien. Du froid, de la faim, du billot et de la tête qu'il faudrait y poser. « Pour ce qui est de l'intelligence en général, se souvient M. Henryk, Jurek pensait comme un philosophe, alors on n'arrêtait pas de se demander le pourquoi des choses, et Jurek portait sur la vie un regard largement humain. »

Extrait du cahier de Jurek Wilner :

Demain —
> *on ne se reverra plus*

Dans une semaine —
> *on ne se saluera plus*

Dans un mois —
> *on se sera oublié*

Dans un an —
> *on ne se reconnaîtra plus*

Mais aujourd'hui la nuit est un cri sur la rivière noire
Comme si j'avais soulevé le couvercle d'un cercueil
Écoute — sauve-moi
Écoute — je t'aime
Tu m'entends —
> *Trop loin déjà*

Au début de mars 1943, Jurek Wilner fut arrêté par la Gestapo.

— Le matin même, dit maître Wolinski, j'étais passé chez lui, rue Wspolna. À deux heures, les Allemands ont encerclé la maison et ils l'ont capturé avec des documents et des armes.

D'après nos lois tacites, celui qui était pris devait garder le silence au moins trois jours. Si après il se mettait à table, personne ne lui en voulait. Jurek Wilner a été torturé durant un mois et n'a rien lâché, aucun contact, aucune adresse, alors qu'il en connaissait une quantité, même du côté aryen.

Par miracle, il a réussi à s'évader fin mars. Il est retourné dans le ghetto, mais il n'était plus bon à rien : les pieds en bouillie, il ne pouvait plus marcher.

L'évasion miraculeuse dont parle maître Wolinski, c'est l'ami Henryk le Lardonnier qui l'avait organisée. Ayant appris que Jurek était dans le camp de Grochow, il avait rampé à travers les marais et l'avait porté chez lui.

Jurek avait les ongles écrasés, de même que les reins et les pieds. On l'avait torturé quotidiennement. Un jour, il s'était glissé dans un groupe promis au poteau, dans l'espoir d'en finir au plus vite. Or le groupe avait été envoyé travailler à Grochow, et c'est là que Grabowski l'a repêché.

Tous le bichonnèrent : Grabowski, sa mère et sa femme. Ils lui mettaient de la pommade sur ses ongles qui se décollaient et lui donnaient des cachets qui le faisaient uriner bleu. Finalement, Jurek avait repris des forces et déclaré vouloir retourner dans le ghetto.

M. Grabowski lui avait répondu : « À quoi bon, Jurek, je t'emmène à la campagne... » Mais Jurek a répété qu'il voulait rentrer. Grabowski a insisté, il allait lui trouver une bonne planque où personne ne le retrouverait jusqu'à la fin de la guerre. Mais Jurek voulait rentrer.

Ils ne se sont même pas dit adieu. Quand les copains de Jurek sont venus le chercher, M. Henryk n'était pas là. Lorsque l'insurrection du ghetto a éclaté, Henryk a compris tout de suite que c'était la fin de Jurek. Il ne se sortirait pas de cette aventure, ou plutôt de cette tragédie.

En effet, Jurek ne s'en est pas sorti. L'un des derniers rapports de l'Organisation juive de combat indique que c'était bien lui qui avait donné le signal du suicide le 8 mai 1943, dans l'abri, au 18 de la rue Mila.

« Face à une situation désespérée et pour ne pas tomber vivants aux mains des Allemands, Arie Wilner a appelé les combattants à se suicider. Lutek Rotblat a tiré le premier, d'abord sur sa mère, puis sur lui-même. La majorité des membres de l'Organisation, parmi lesquels son commandant Mordechaï Anielewicz, ont trouvé la mort dans l'abri. »

Après la guerre, M. Henryk (devenu garagiste, puis chauffeur de taxi, puis employé d'administration dans les transports) s'est souvent demandé s'il avait bien fait de laisser partir Jurek. Il aurait certainement repris des forces à la campagne... « Mais, s'il avait survécu, il aurait pu m'en vouloir, non ? C'est sûr, il m'en aurait voulu d'être resté en vie, et ce serait encore pire... »

Extrait du cahier de Jurek Wilner :

> *Encore une fois, un tout petit peu,*
> *il y aura toujours quelqu'un pour tout gâcher,*
> *pour couper la corde.*
> *Hier, j'ai senti la mort dans mes os.*
> *J'avais déjà l'éternité tout entière*
> *dans les tripes.*
> *Voilà qu'on me donne une petite cuiller,*
> *une petite cuiller de vie.*
> *Je n'en veux pas, je ne veux plus la boire,*
> *Permettez que je vomisse.*
> *Je sais, la vie est une marmite bien pleine,*
> *le monde est beau et sain,*
> *mais cette vie, je ne l'ai plus dans mon sang,*
> *elle me monte juste à la tête.*
> *Nourricière pour les autres, elle m'embête...*

— Je lui ai écrit une lettre au ghetto, raconte « Waclaw », c'est-à-dire maître Wolinski. Je ne me souviens plus de ce que j'ai dit, mais c'était tendre. Le plus difficile à écrire.

J'ai beaucoup souffert de sa mort. J'ai souffert de la mort de chacun de ces hommes.

Si respectables.

Si héroïques.

Si polonais.

Après Jurek Wilner, ce fut Antek — Icchak Cukierman — qui le remplaça pour représenter l'Organisation juive de combat du côté aryen.

— C'était un garçon très gentil et courageux, poursuit maître Wolinski, sauf qu'il avait la fâcheuse habitude de se promener partout avec sa sacoche bourrée de grenades. Ça me gênait toujours un peu pour parler avec lui, j'avais peur qu'elles explosent.

L'une des premières dépêches expédiées à Londres par « Waclaw » concernait l'argent. Ses amis juifs en avaient besoin pour les armes. Pour commencer, ils ont reçu un parachutage de cinq mille dollars.

— Je les avais donnés à Mikolaï du Bund, quand a débarqué le sioniste Borowski : « M. Waclaw, dit-il, il a tout pris et il ne veut rien m'en donner. Faites quelque chose. »

Mais Mikolaï avait déjà donné cet argent à Edelman, Edelman à Tosia, et Tosia l'avait caché dans un balai mécanique. La suite leur prouva que c'était une idée de génie. Au cours d'une perquisition, la maison fut fouillée de fond en comble, mais personne ne pensa à ouvrir le balai mécanique. C'est avec cet argent qu'ils achetèrent des armes du côté aryen.

Plus tard, Tosia racheta « Waclaw » à la Gestapo ; apprenant son arrestation, elle s'était dit : Qui sait, on pourra peut-être arranger tout ça avec le tapis persan. En effet, ils réussirent à échanger « Waclaw » contre le tapis. « C'était vraiment un tapis magnifique, précise Tosia, un de ces persans beige uni avec une bordure et un médaillon au milieu. »

Tosia — la doctoresse Teodozja Goliborska —, le dernier des médecins vivants à avoir étudié la maladie de la faim dans le ghetto, est arrivée d'Australie pour quelques jours. Aussi y a-t-il du monde et de l'animation chez maître Wolinski, et c'est à qui racontera la meilleure. Par exemple, « Waclaw » évoque les ennuis que les copains juifs lui avaient mis sur le dos en liquidant trop rapidement les mouchards. Il aurait fallu prononcer un verdict avant l'exécution, mais ils s'amenaient en m'annonçant : « Monsieur Waclaw, on a déjà fait le ménage. Que me restait-il à faire ? J'étais obligé d'écrire au bureau des exécutions pour arranger un verdict en bonne et due forme. »

On se souvient aussi du grand parachutage, cent vingt mille dollars...

— Un instant, interrompt Edelman, cent vingt mille dollars ? On n'en a vu que la moitié.

— Marek, intervient « Waclaw », vous avez reçu la totalité et vous avez même acheté des pistolets avec.

— Les cinquante ?

— Mais non. Les cinquante ne vous avaient rien coûté, c'était un cadeau de l'Armée de l'Intérieur. D'accord, il n'y en avait pas cinquante, puisqu'il y avait aussi celui du Juif de Czestochowa, vous vous rappelez, il s'en est bien servi, et vingt autres ont été envoyés à Poniatowa...

Ils bavardent tous sur ce ton, et Tosia se souvient du pull rouge dans lequel Marek courait sur les toits. Elle dit que c'était une guenille comparé à celui qu'elle va lui envoyer d'Australie, et tandis que nous sommes déjà sur le chemin de la maison, Edelman se retourne et dit soudain :

— Non, ça n'a pas duré un mois. Quelques jours, une semaine tout au plus.

Là, il s'agit de Jurek Wilner. Il a tenu une semaine, pas un mois, sous la torture de la Gestapo.

Mais comment ! « Waclaw » a parlé d'un mois et Grabowski de deux semaines...

— Je me souviens parfaitement, il y est resté une semaine.

Ça commence à devenir irritant.

Si « Waclaw » parle d'un mois, il doit savoir ce qu'il dit.

Mais finalement de quoi retourne-t-il au juste ? C'est que nous tenons tous à ce que Jurek Wilner ait résisté le plus longtemps possible à la Gestapo. Se taire une semaine ou un mois, ça fait tout de même une différence. C'est vrai qu'on aimerait que Jurek — Arie Wilner — n'ait pas desserré les dents durant un mois.

— Très bien, dit Edelman, Antek voudrait que nous ayons été cinq cents. Monsieur S. voudrait que ce soit la mère qui ait teint les poissons. Et vous, vous tenez à ce qu'il ait résisté un mois sous la torture. Très bien. Disons un mois. Cela n'a plus aucune espèce d'importance.

Même chose pour les drapeaux.

Ils auraient flotté sur le ghetto dès les premiers jours de l'insurrection. Un étendard rouge et blanc et un autre bleu et blanc. Ils auraient soulevé une grande émotion du côté aryen. Quant aux Allemands, ils auraient considéré comme une victoire chèrement acquise d'avoir décroché ces trophées.

Il dit que, s'il y avait eu des drapeaux, seuls les insurgés auraient pu les planter, or ils ne l'ont pas fait. Ils l'auraient fait volontiers, si seulement ils avaient eu un peu de tissu rouge et un peu de blanc. Mais ils n'en avaient pas.

— Sans doute est-ce quelqu'un d'autre qui les a mis, peu importe qui.

— Ah bon ? s'étonne-t-il. C'est fort possible.

Cela dit, il n'a jamais vu aucun drapeau. Ce n'est qu'après-guerre qu'il a appris leur existence.

— Mais c'est impossible ! Tout le monde les a vus !

— Puisque tout le monde les a vus, c'est certainement qu'ils y étaient. Quelle importance, d'ailleurs ? Ce qui compte, c'est que les gens les aient vus.

C'est bien là le pire : à la fin, il est d'accord avec tout. À quoi bon vouloir le convaincre…

— Quelle importance, aujourd'hui ? dit-il, et il laisse tomber.

Nous devons encore ajouter quelque chose, dit-il.

Pourquoi est-il vivant ?

Le premier soldat vainqueur rencontré à la Libération l'avait accroché pour lui demander : « Tu es juif ? Comment se fait-il que tu sois vivant ? » Cela semblait suspect. Peut-être avait-il dénoncé quelqu'un, volé du pain à d'autres ? Maintenant, c'est à mon tour de lui demander si par hasard il n'a pas survécu aux frais d'un autre et, sinon, comment il a fait pour rester en vie.

Il essaiera alors de s'expliquer. Il me racontera par exemple comment il est arrivé au 7 de la rue Nowolipki, où se trouvait leur local, pour avertir les autres qu'Inka, médecin à l'hôpital de la rue Leszno, était étendue sans connaissance dans un appartement vide, face à l'hôpital. Ayant appris qu'ils allaient être embarqués sur l'Umschlagplatz, elle avait administré du poison aux enfants, puis avalé une fiole de Luminal, enfilé sa chemise de nuit et s'était couchée sur un lit. Il l'avait trouvée là, puis l'avait portée, vêtue de cette chemise de nuit rose, à travers la rue, jusqu'à la maison d'en face, d'où l'on avait déjà embarqué tout le monde. Puis il est allé prévenir les autres de ne pas oublier de la sortir de là si elle survivait.

La rue Nowolipki était coupée par le mur séparant le ghetto du côté aryen. C'est de derrière ce mur que surgit soudain un SS, ouvrant le feu. Il tira une dizaine de coups, chaque fois un peu trop à droite. Peut-être l'Allemand était-il astigmate, peut-être n'avait-il pas de bonnes lunettes. Toujours est-il qu'il ne l'a pas eu.

— Et c'est tout ? pourrais-je lui demander. C'est juste parce que l'Allemand ne portait pas de bonnes lunettes ?

Alors il me raconte l'histoire de Mietek Dab.

Un jour, le compte n'était pas atteint sur l'Umschlagplatz. Ils n'arrivaient pas à dix mille. Et Edelman s'est fait ramasser dans la rue et embarquer sur une charrette qui transportait les gens vers la rue Stawki. La charrette était tirée par deux chevaux ; un policier juif se tenait à côté du cocher, à l'arrière il y avait un Allemand.

Ils venaient de dépasser la rue Nowolipki quand Edelman aperçut Mietek Dab. Ce dernier, membre du PPS, était entré dans la police sur l'ordre du parti. Il habitait la rue Nowolipki et rentrait justement de son service.

« Mietek ! ils m'ont pris ! » cria Edelman. Mietek courut dire au policier qu'il s'agissait de son frère et ils le laissèrent sauter de la charrette.

Tous deux se rendirent alors chez Mietek.

Le père était là : rabougri, maigre, affamé. Il les regarda, contrarié :

« Mietek a encore fait descendre quelqu'un de la charrette, n'est-ce pas ? Et sans lui demander un sou ?

Il pourrait s'en mettre plein les poches.

Il pourrait au moins prendre ce qu'il faut pour sa ration de pain.

Et qu'est-ce qu'il fait, lui ? Il laisse descendre gratis.

— Papa, répondit Mietek, ne t'en fais pas. J'irai tout droit au ciel pour mes bonnes actions.

— Quel ciel ? Et quel Dieu ? ! Tu ne vois pas ce qui se passe ? Tu ne vois pas que Dieu a disparu depuis longtemps ? Et même s'Il existe, poursuivit le petit vieux en baissant la voix, Il est avec EUX. »

Le lendemain, le père de Mietek se fit embarquer. Mietek n'arriva pas à temps pour le faire sortir de la charrette. Peu après, il prenait le maquis.

Encore la chance. Pour la deuxième fois. Il aurait dû mourir, mais le hasard l'avait de nouveau sauvé. La première fois, grâce à l'astigmatisme du SS. La seconde, parce que Mietek Dab rentrait chez lui après le service.

Les petites filles transportées à l'hôpital avec une mousse rose sur les lèvres (celles qui ont réussi à grandir, à aimer, à avoir des enfants, bien plus que n'a fait la fille de Mme Tenenbaum), ces petites filles avaient des valvules trop resserrées. Les valvules ressemblent à des pétales qui se relèvent en cadence pour laisser passer le sang. Quand elles sont trop resserrées, le sang ne circule pas assez, et cela peut provoquer un œdème pulmonaire. Le cœur se met à battre plus vite pour pomper plus de sang, mais s'il bat trop vite, les ventricules n'ont pas le temps de se remplir… Son rythme optimal est de quatre mille deux cents battements à l'heure, soit plus de cent mille par jour, temps durant lequel il pompe sept mille litres de sang, c'est-à-dire cinq tonnes… Je l'ai appris par l'ingénieur Sejdak, pour qui le cœur est tout simplement un mécanisme comme les autres et qui, comme chaque mécanisme, a ses caractéristiques : le cœur a de grandes réserves de productivité et son usure matérielle est très faible, car il parvient à régénérer ses pièces usées, c'est-à-dire à effectuer des réparations en marche.

Lorsque le cœur n'est plus en état de faire des réparations efficaces, il devient malade. Le plus souvent, ce sont justement les valvules qui s'abîment. Rien d'étonnant, dit l'ingénieur Sejdak, puisque ce sont en quelque sorte des soupapes, et dans n'importe quel mécanisme, ce sont les soupapes qui s'usent le plus vite, comme dans une voiture.

L'ingénieur Sejdak a construit pour le Professeur, en dix-huit mois seulement, un appareil capable de remplacer le cœur le temps d'une réparation, c'est-à-dire d'une opération. Le coût de ce cœur artificiel s'était élevé à quatre cent mille zlotys. C'était alors une réalisation unique au monde, pour laquelle l'ingénieur Sejdak avait obtenu un brevet. Mais, quand le projet fut achevé, arriva dans son usine un contrôleur qui déclara que la dépense n'avait pas été inscrite à l'endroit requis et que, par conséquent, l'ingénieur Sejdak avait fait subir des pertes à son entreprise et se trouvait passible de condamnation pour délit économique. Fort heureusement, l'ingénieur s'arrangea pour trouver les justificatifs nécessaires. On laissa tomber l'accusation et le contrôleur fut assez aimable pour ne dresser aucun procès-verbal.

Aujourd'hui, l'ingénieur travaille sur un nouvel appareil qui aidera le cœur à pomper le sang à travers des vaisseaux rétrécis et permettra au malade de tenir dès le déclenchement de l'infarctus jusqu'à l'opération. La plupart des malades meurent aussitôt après l'infarctus, sans avoir le temps d'être opérés. Si l'appareil est au point, il pourra sauver la vie à beaucoup de gens, ou tout au moins (dit Edelman), il protégera la flamme encore un moment.

Bien entendu, il ne faut pas trop miser sur cet espoir, car le bon Dieu observe attentivement Sejdak, le Professeur, et tous leurs efforts. Il peut porter un coup fatal au moment le plus inattendu. Comme lorsqu'ils se croyaient tirés d'affaire, et c'était certainement Stefan, le frère de Marysia Sawicka, le plus heureux de tous, car à dix-sept ans il étrennait son revolver. (Marysia Sawicka courait avant-guerre le huit cents mètres au club Skra, avec la sœur de Michal Klepfisz.) À dix-sept ans, sa première arme à la main, Stefan débordait de joie au retour d'une action (il venait de participer au groupe de protection assurant la sortie des égouts). Incapable de rester à la maison, il courut à la pâtisserie, en bas de l'immeuble. Il y pénétra au même instant qu'un Allemand qui remarqua le renflement du revolver dans sa poche, le fit sortir et l'abattit sur-le-champ, sous les fenêtres de Marysia.

Parfois, c'est une véritable course et jusqu'au bout Il ne se prive d'aucune mesquinerie. Comme ce fut le cas avec Rudny : il n'y avait pas de médecin pour effectuer la coronographie, l'ampoule pour les rayons X s'éteignait, le bloc opératoire était fermé, et il manquait d'infirmières instrumentistes... Pendant tout ce temps, la douleur augmentait, chaque vague de douleur pouvant être la dernière. Et ils couraient après les voitures, les médecins, les ampoules et les infirmières. Finalement, ça s'était bien terminé. Ils y étaient arrivés. À trois heures du matin, ils s'étaient congratulés, après avoir félicité le professeur Jan Moll, le sang coulait enfin dans le cœur de Rudny grâce à un vaisseau plus large, un morceau de veine transplanté. Le cœur travaillait normalement, et ils s'étaient dit qu'une fois de plus ça avait marché.

Avant cette intervention sur Rudny, Edelman n'était pas du tout certain qu'on pourrait opérer à chaud. Il avait lu, lui aussi, les livres expliquant que c'était impossible, et il était sorti de l'hôpital pour y réfléchir tranquillement une fois encore. C'est alors qu'il avait croisé la doctoresse Zadrozna. Il lui demanda : « Faut-il opérer ? Qu'en penses-tu ? » La doctoresse Zadrozna n'en revenait pas : « Enfin, tu te rends compte ? Dans votre situation ? » Parce qu'à cette époque-là, ils avaient justement quelques petits ennuis [1] professionnels ; plus exactement, c'est lui qui les avait eus, car on l'avait remercié, tandis qu'Elzbieta Chetkowska et Aga Zuchowska avaient décidé de démissionner par solidarité. Des ennuis de peu d'importance, mais la docto-

---

1. Allusion au renvoi de Marek Edelman de son hôpital à la suite de la campagne antisémite de 1968. Il fut réintégré grâce à la protestation du personnel.

resse Zadrozna avait bien raison de s'étonner de les voir entreprendre une opération aussi risquée dont l'échec ne leur faciliterait pas la recherche d'un nouvel emploi. Mais dès qu'il entendit : « Enfin, tu te rends compte... », il comprit qu'il n'y avait plus à hésiter. La décision était prise, d'une certaine façon en dehors de lui. « Opérons ! » déclara-t-il de retour à l'hôpital. Elzbieta le gronda d'être sorti alors qu'il savait pertinemment que chaque minute comptait.

Autre cas : un beau jour, on amène une malade, et tout le monde affirme qu'il s'agit de catatonie, c'est-à-dire d'une forme particulière de schizophrénie où le malade ne mange plus, ne bouge plus, enfermé dans un sommeil dont on a du mal à le sortir. Cela fait quinze ans qu'on la soigne pour cette affection, mais finalement, durant son sommeil, ils lui font une analyse de sang et découvrent que celui-ci contient à peine 30 milligrammes de sucre. Ils se disent qu'il ne s'agit pas du tout de schizophrénie, mais que ça doit venir du pancréas. On opère le pancréas, et c'est là que l'inquiétude monte brusquement. Juste après l'opération, on mesure 130 milligrammes de sucre, ce qui est excessif, et deux heures après — 60 grammes seulement, ce qui n'est pas assez. Tout le monde s'inquiète de cette chute brutale. Finalement, quatre heures plus tard, le taux de sucre reste toujours à 60 et ça semble se stabiliser.

L'affaire du pancréas réglée, la routine reprend ses droits quand se déclenche soudain une mystérieuse histoire de calcium chez un malade des reins. Le taux augmente dangereusement. Il faut demander aux collègues quels sont les symptômes cliniques de l'hyperparathyroïdie primaire. Bien entendu, personne ne le sait, car le cas est rarissime. On téléphone à Paris, au service du professeur Roux où travaillent les spécialistes du calcium ; ils demandent qu'on leur envoie un échantillon d'hormone dans un container à moins trente-deux degrés centigrades. Mais le taux de calcium chez le malade s'élève déjà à 16. Et à 20, c'est la mort. On transporte donc le malade à Varsovie pour l'opérer, espérant qu'il tiendra la distance. Quand on le pose sur la table d'opération, il en est à 20 et bascule dans le coma...

L'affaire de la parathyroïde réglée, la routine reprend ses droits.

Je raconte tout cela à Zbigniew Mlynarski — pseudonyme la Taupe —, celui qui tenta de faire sauter le mur du ghetto rue Bonifraterska et qui s'est mis en joue juste au moment où, de l'autre côté, chez Edelman, ils branchaient le détonateur de leur unique mine. (Mlynarski se mit en joue à l'instant même où le gendarme qu'il visait en faisait autant ; heureusement, il fut plus rapide d'un quart de seconde.) Je demande donc à M. Mlynarski s'il comprend quelque chose à Edelman et il me répond qu'il comprend parfaitement. Par exemple, lui-même après la guerre était devenu président d'une coopérative de pelleterie et il en a gardé le meilleur souvenir, car il fallait agir vite et prendre des risques. Une fois, il avait consacré le fonds de roulement de la coopérative à refaire la toiture, car les fourrures étaient sous la pluie. Menacé du tribunal, il avait déclaré : « Allez-y, jugez-moi ! J'ai dépensé illégalement deux millions pour en sauver trente. » L'affaire en était restée là, n'empêche que sa décision avait demandé un sacré courage : Vous vous rendez compte, à cette époque-là, puiser dans le fonds de roulement pour refaire la toiture ! Voilà ce qui compte dans la vie, conclut Mlynarski : une décision rapide et virile.

Après la coopérative, Mlynarski s'était établi à son compte et fabriquait des fourrures dans son atelier pour les magasins d'État. Il s'était arrangé avec ses quatre ouvriers de façon à éviter tout ennui avec le fisc. L'un des ouvriers tendait la peau, le deuxième coupait, le troisième traçait et le quatrième mettait la dernière main. Quant à lui, sa tâche était la plus importante : l'assemblage. Dans le métier de fourreur, l'essentiel est de trouver des peaux qui aillent ensemble.

Mais le meilleur de sa vie, Mlynarski l'a vécu pendant la guerre : « Pour un homme, je ne paye pas de mine, explique-t-il, soixante kilos, un mètre soixante-trois. Pourtant, j'étais bien plus courageux que les gaillards d'un mètre quatre-vingts. » Par la suite, il assemblait des peaux, pour qu'elles aillent bien ensemble. « Comment le prendre au sérieux ? demande-t-il. Après une époque pareille, tracer des peaux d'astrakan ? » Il comprend parfaitement le docteur Edelman.

Il s'agit uniquement de protéger la flamme.

Mais Lui, comme nous l'avons dit, observe attentivement tous les efforts, et Il sait porter des coups si rusés qu'ils sont imparables. Quand on fait une prise de sang et qu'on y découvre du glimide, il n'y a plus rien à faire. Pourquoi Elzbieta Chetkowska a-t-elle avalé du glimide ? Elle souffrait d'un hématome situé dans la partie postérieure de la boîte crânienne. Elle s'emmêlait dans les mots, confondait les ordonnances les plus simples ; peut-être avait-elle oublié son adresse ou comment allumer la lumière... Pourquoi Ela a-t-elle avalé du poison ? Elle avait tout, des parents qui l'aimaient, une chambre pleine de jouets coûteux, et plus tard un diplôme prestigieux et un beau fiancé, mais un jour elle avala des somnifères, laissant derrière elle cette jolie chambre vert pâle où son bon papa américain interdit de déplacer le moindre objet. Pour que tout y reste comme avant. Le papa américain demanda au docteur Edelman pourquoi elle avait fait ça. Edelman ne sut pas répondre. Pourtant, il s'agissait d'Ela, la fille de Zygmunt — Zalman Frydrych —, lequel lui avait dit : « Je ne survivrai pas à tout ça, toi tu survivras, alors n'oublie pas, à Zamosc, dans le couvent, tu trouveras mon enfant... » Zygmunt avait plus tard tiré sur le projecteur, ce qui leur avait permis de franchir le mur. Edelman avait retrouvé Ela juste après la guerre, mais il n'avait pas réussi à la sauver. Il n'a d'ailleurs pu sauver aucune des deux, ni celle qui est morte à New York, ni celle qui est morte ici, à Lodz...

Ainsi, jusqu'au bout, tu ne sais pas lequel s'est fait avoir. Parfois, tu te réjouis d'avoir réussi, car tu as tout préparé et vérifié, tu as convaincu tout le monde et tu es sûr que rien ne peut plus survenir. Mais voilà que le frère de Marysia Sawicka se fait tuer parce qu'il était fou de joie. Voilà que Celina (celle qui était sortie par les égouts de la rue Prosta) est en train de mourir, et tu ne peux que lui assurer une mort digne et sans frayeur. (Plus tard, Edelman est allé dans le kibboutz des

Combattants du Ghetto, près de Haïfa, à l'enterrement de Celina — Cywia Lubetkin. Ils étaient trois rescapés de l'égout de la rue Prosta : lui, Macha et Pnina. Macha lui a murmuré à l'oreille : « Tu sais, aujourd'hui encore je l'ai entendu. — Qui ? a-t-il demandé. — Fais pas semblant de ne pas savoir, a dit Macha d'un ton agacé, surtout, fais pas semblant. » On lui a expliqué que Macha entendait le cri du garçon qui était allé vérifier l'information : « Attendre dans la partie nord du ghetto. » Les Allemands l'avaient brûlé rue Mila, il avait hurlé la journée entière. Macha, qui se trouvait dans un abri du voisinage, entend depuis ses cris chaque jour. Elle l'entend dans une ville éloignée de trois mille kilomètres de la rue Mila et de l'abri. Et elle murmure : « Aujourd'hui encore. Très distinctement. ») Voilà que le concierge vient cogner à la porte de la femme qui héberge Abrasza Blum : « Il y a un Juif chez vous ! » Il verrouille la porte de l'extérieur et part les dénoncer. (Par la suite, l'AK l'a condamné à mort, mais Abrasza s'était cassé les jambes en sautant par la fenêtre, et il est resté étendu sur le toit jusqu'à l'arrivée de la Gestapo.) Voilà qu'un homme meurt sur la table d'opération à cause d'un infarctus étendu sur la périphérie, et donc impossible à repérer par la coronographie ou l'électrocardiogramme. Tu te rappelles toutes ses ruses et, même si l'opération réussit, tu restes sur tes gardes.

Viennent ensuite les longs jours d'attente. Ce n'est qu'à ce moment-là qu'on verra si le cœur s'adaptera à ces morceaux de veines rapiécés, à ces nouvelles artères et aux médicaments. Peu à peu, tu te calmes, tu retrouves ton assurance... C'est seulement après toutes ces heures de tension, mais aussi de bonheur — bien après —, que tu réalises ce que cela représente : un sur quatre cent mille.

1 : 400 000.

Tout à fait dérisoire.

Mais puisqu'une vie représente cent pour cent pour chacun, peut-être que ça a tout de même un sens.

DANS LA MÊME COLLECTION

1. Yukio Mishima	*Le Japon moderne et l'éthique samouraï (La Voie du Hagakuré).*
2. Kazimierz Brandys	*Carnets de Varsovie (1978-1981).*
3. Peter Handke	*La leçon de la Sainte-Victoire.*
4. Paul Bairoch	*De Jéricho à Mexico (Villes et économies dans l'histoire).*
6. Rainer Maria Rilke	*Lettres à une amie vénitienne.*
7. Nikolaus Harnoncourt	*Le dialogue musical (Monteverdi, Bach et Mozart).*
8. Cioran	*Exercices d'admiration (Essais et portraits).*
9. Julien Hervier	*Entretiens avec Ernst Jünger.*
10. Jean-Paul Sartre	*Mallarmé (La lucidité et sa face d'ombre).*
11. Cioran	*Aveux et Anathèmes.*
12. Jorge Luis Borges	*Neuf essais sur Dante.*
13. Lawrence Grobel	*Conversations avec Truman Capote.*
14. Peter Handke	*Après-midi d'un écrivain.*
15. Primo Levi	*Les naufragés et les rescapés (Quarante ans après Auschwitz).*
16. Mario Vargas Llosa	*Contre vents et marées.*
17. Ossip Mandelstam	*De la poésie.*
18. Franz Kafka	*Lettres à ses parents (1922-1924),* précédé de *Une année de la vie de Franz Kafka* de Pietro Citati.
19. Peter Handke	*Essai sur la fatigue.*
20. Varlam Chalamov	*Correspondance avec Boris Pasternak.*
21. Mircea Eliade	*Cosmologie et alchimie babyloniennes.*
22. Elsa Morante	*Pour ou contre la bombe atomique.*
23. Octavio Paz	*L'autre voix (Poésie et fin de siècle).*
24. Peter Handke	*Essai sur le juke-box.*
25. Jean-Pierre Faye	*L'Europe une (Les philosophes et l'Europe).*
26. Cioran	*Le livre des leurres.*

27. Mircea Eliade	*Contributions à la philosophie de la Renaissance* suivi d'*Itinéraire italien.*
28. Joseph Brodsky	*Acqua alta.*
29. George Steiner	*Épreuves.*
30. Varlam Chalamov	*Essais sur le monde du crime.*
31. Cioran	*Bréviaire des vaincus.*
32. Frédéric de Towarnicki	*À la rencontre de Heidegger. (Souvenirs d'un messager de la Forêt-Noire).*
33. Peter Handke	*Essai sur la journée réussie (Un songe de jour d'hiver).*
34. Eugenio Montale	*La poésie n'existe pas.*
35. Octavio Paz	*Un au-delà érotique : le marquis de Sade.*
36. Robert Walser	*Sur quelques-uns et sur lui-même.*
37. Primo Levi	*Histoires naturelles* suivi de *Vice de forme.*
38. Kvetoslav Chvatik	*Le monde romanesque de Milan Kundera.*
39. Apollinaria Souslova	*Mes années d'intimité avec Dostoïevski.*
40. William Faulkner	*Lettres à sa mère (1918-1925).*
41. Cioran	*Entretiens.*
42. Truman Capote	*Portraits et impressions de voyage.*
43. Botho Strauss	*L'incommencement. Réflexions sur la tache et la ligne.*
44. Octavio Paz	*Itinéraire.*
45. Cioran	*Anthologie du portrait. De Saint-Simon à Tocqueville.*
46. H. C. Robbins Landon	*Mozart connu et inconnu.*
47. Thomas Mann	*Être écrivain allemand à notre époque.*
48. Kenzaburô Ôé	*Notes de Hiroshima.*
49. Mario Vargas Llosa	*En selle avec Tirant le Blanc.*
50. Raul Hilberg	*La politique de la mémoire.*
51. Octavio Paz	*Lueurs de l'Inde.*
52. Carlos Fuentes	*Géographie du roman.*
53. Primo Levi	*À une heure incertaine.*
54. Mario Vargas Llosa	*Un barbare chez les civilisés.*
55. Paul West	*Un accident miraculeux.*
56. Sérgio Buarque de Holanda	*Racines du Brésil.*

57. José Cardoso Pires *Lisbonne — Livre de bord (voix, regards, ressouvenances).*
58. Wolfgang Matz *Julien Green. Le siècle et son ombre.*
59. Pier Paolo Pasolini *Histoires de la cité de Dieu. Nouvelles et chroniques romaines (1950-1966).*
60. Péter Esterházy *L'œillade de la comtesse Hahn-Hahn (en descendant le Danube).*
61. Mario Vargas Llosa *Lettres à un jeune romancier.*
62. Elsa Morante *Territoire du rêve.*
63. Arundhati Roy *Le coût de la vie.*
64. Cesare Pavese *Littérature et société. Le mythe.*
65. Roberto Calasso *Le fou impur.*
66. Tadeusz Kepinski *Witold Gombrowicz et le monde de sa jeunesse.*
67. Batya Gour *Jérusalem, une leçon d'humilité.*
68. Michel Handelzalts *Histoires d'en lire.*
69. Alejandro Rossi *Un café avec Gorrondona.*
70. Jorge Luis Borges *L'art de la poésie.*
71. Jean Paulhan *Entretiens à la radio avec Robert Mallet.*
72. Alejo Carpentier *Essais littéraires.*
73. Harry Mulisch *L'affaire 40/61 (Un reportage).*
74. François Ricard *Le dernier après-midi d'Agnès*
75. Kazimierz Brandys *De mémoire...*
76. Alexander Kluge *Chronique des sentiments.*
77. Erri De Luca *Noyau d'olive.*
78. Cioran *Solitude et destin.*
79. Marie-France Ionesco *Portrait de l'écrivain dans le siècle Eugène Ionesco 1909-1994.*
80. Erri De Luca *Essais de réponse.*
81. Hanna Krall *Prendre le bon Dieu de vitesse.*
82. Ferdinando Camon *Conversations avec Primo Levi.*

Achevé d'imprimer
sur Roto-Page
par l'Imprimerie Floch
à Mayenne, le 5 avril 2005.
Dépôt légal : avril 2005.
Numéro d'imprimeur : 62473.
ISBN 2-07-073491-9 / Imprimé en France.

125424